講談社文庫

花のいのち

瀬戸内寂聴

講談社

花のいのち　目次

I

花のいのち

花と蝶　12
樹の墓　16
梅のおもかげのひと　20
「さば」と小鳥　25
花まつり　31
東慶寺の二本の桜　37
葵祭　43
紫陽花　48
沙羅双樹　53
藤の花房　58

蓮の声　62
天性の狂言師の幸福な死　67
まぼろしの桔梗の庭　71
長寿の秘訣　76
嵯峨野の曼珠沙華　80
紅葉　84
紅葉燃ゆ　88
吾亦紅　94
まんさく（金縷梅）　100
梅の贈り主　106
福寿草　110
菜の花　115

II

源氏物語の花々

夕顔――夕顔 122
手習――桔梗 126
夕霧――葛 129
乙女――紅葉 133
松風――松 137
梅枝――梅 141
早蕨――蕨 145
花宴――桜 149
藤裏葉――藤 153
常夏――撫子 156

蜻蛉——蓮 160
藤袴——藤袴 164
鈴虫——萩 168
宿木——菊 172
野分——秋の花々 176
紅葉賀——紅葉 180
浮舟——藪柑子 184
椎本——柳 188
胡蝶——山吹 192

花のいのち

I
花のいのち

花と蝶

良寛さんの詩に、

花は無心にして蝶を招き
蝶は無心にして花を尋《たず》ぬ

というのがあります。

花はそれぞれ美しく、その花だけが持ついい匂いを放っています。けれども花は美しさや匂いで、蝶を招きよせようという魂胆で咲いているのではありません。

ただ自然のはからいで、そこに花が開けば、蝶が飛んでくるし、蝶が何気なく飛んで来れば、花はまた自然に開いて蝶を迎えます。

花も蝶も無心なのです。蝶が花の蜜《みつ》を欲しがっても花はそれを拒まず、蝶が満足するまで、提供します。美しい自然の営みがそこにあります。秋の紅葉も、人に見せようとして紅葉するのではありません。無心に約束通りに時が来れば紅葉するだけです。それを美しいと、眺め訪れるのは人間です。

でも人間は蝶とちがって無心ではなく、人が見ていなければ、美しい枝を折り取って持ち帰ったり、不埒《ふらち》なことをします。人は欲に心が染まって、無心ではなくなっているからです。

人間でも、赤ん坊の心は生まれたままで無心の清らかさです。赤ん坊の目が清らかなのは、心の清らかさを映しているからです。

人は成長するにつれて、無心の心を失い欲望を生じ心を濁《にご》らせます。人間の欲望を、仏教では煩悩《ぼんのう》と呼びます。人間の煩悩の数は、除夜の鐘と同じ百八つあるとされています。仏教の百八つとは無限という意味です。無限の煩悩から、人はあらゆる苦しみや悩みを心に生みだすのです。煩悩はめらめらと炎を燃えあがらせているのです。その熱さに心を焼かれ、人はいっそう苦しまねばなりません。

煩悩の炎を静め正常な心を取りもどそうとして、人は思わず超自然の神や仏に掌《たなごころ》を合わせ、祈りを捧げたくなります。神仏は無心の花のように、近づくものを拒もうとはしません。ただ黙ってさしだされたその手に気がつき、それにすがることができるのは、縁というもののはからいです。幸いにして、宇宙の生命を司る神や仏と縁を結べた者は、幸運です。

人はみな、生きている限り幸せになりたいと願っています。

幸せになる人間の権利は人権と名付けられ、どこの国でもそれを守る法律が定められています。それなのに、生きているほとんどの人間が、現在の自分の立場に満足せず、もっと自分は幸福であるべきだと不平不満を心に抱いているのです。分が過ぎた幸福への夢の欲望に、心を濁らせているからです。

美しい自然の、無心の奉仕を有難いと思い、その無償の愛に清められ、自分の心の濁りを洗いそそぎましょう。その時こそ、よみがえらせた自分の無心に、はじめて、あふれる幸せを感じとることができるでしょう。

樹の墓

　今年（二〇一七年）の十一月十四日は、私の四十四年目の得度《とくど》記念日でした。得度するとその年から法臘《ほうろう》が付きます。

　法臘で数えると、私は今年数え四十五歳の女盛りということです。なんと晴れがましいことでしょう。満九十五歳の老婆がこんなに若返る奇跡は、ほかにはありません。

　出家して二年目に、嵯峨野《さがの》に寂庵《じゃくあん》を結びました。

　その時、この土地は千坪の造成地で、前は広々とした畑でした。びっくりするほど土地の値が安かったので飛びつきました。小さな庵《いおり》を建てるつもりだったので、六十坪を売ってくれと言いましたが、業者は千坪でないと売らないと言います。擦《す》った揉《も》んだしたあげく、半分の五百坪を買うことになりました。

当時、蓄財がまったくなかったので、銀行に借りるしかありません。銀行はそのとき、千坪を買えとすすめてくれましたが、私はその時点ではまさか九十すぎまで長生きするとは思ってもいなかったので、返済の自信がなく、五百坪をどうにか手に入れました。

草一本生えていない赤土の造成地に平家《ひらや》の建物が建ち、塀も門もない寂庵に私はひとり住みはじめました。庭は広くてドッグレースができるほどです。

京都の名庭師たちが、造園を申し込んでくれましたが、支払いが怖いので庭師の弟子の若者たちを集め、私が指揮して庭造りをはじめました。

友人知人がお祝いをくださるというときは、木か草をくださいと伝えました。するとだれもが自分で選んだ木の苗や花の種を提《さ》げて来てくれ、自分の好きな場所にそれぞれ植えていきました。そして、自分の木や花の生長を楽しみに、その後もずっと訪れてくれます。四十年以上の年月が過ぎ、それらの木は、家の屋根を越し見事な大木に育っています。遠くから見ると寂庵はひとつの森のように見えます。

いまとなっては、その木を持ってきてくれた人たちのほとんどが故人となってしまいました。

このしだれ桜はあの仏画師の、この源平《げんぺい》咲きの桃の木は比叡山《ひえいざん》で修行した時の同期の私と同年の彼の、この濃いピンクのなまめかしい紅梅《こうばい》は、谷崎潤一郎《たにざきじゅんいちろう》さんの小説のモデルになった有名な京女が携えて来てくれたもの、この杉は荒《あら》畑寒村《はたかんそん》氏が黒部《くろべ》の山から十五センチほどの杉の苗の鉢植えを買って来て、手ずから植えられたもの、この花水木は、榊莫山《さかきばくざん》氏が三千坪の御自宅のお庭から引っこ抜いて来てくださったもの、毎年五月に、見事な花を咲かせる牡丹《ぼたん》は、姉が二十株を持参して植えていってくれたもの。どの木も花も私には、それを携えて来てくれた人々の表情を、ありありと思い出させてくれます。私にとってこれらの木は、大方が懐かしい人々のお墓となっています。私の墓となる木もそろそろ選んでおかなければと、近ごろしきりに思っています。

桃の木は比叡山で共に修行した僧から贈られた

梅のおもかげのひと

二〇一〇年十一月より脊柱《せきちゅう》管狭《かんきょう》窄症《さくしょう》やら脊柱圧迫骨折などで、療養生活を余儀なくされ、自力の歩行が困難な状態がつづいています。痛みが発生した時、がまんし、約束の講演をこなしたのがたたり、辛《かろ》うじて帰宅した時にはすっかり重症で、そのまま入院する始末でした。

背骨の手術をすればすぐ楽になるとすすめられたものの、当時数え九十歳、卒寿《そつじゅ》を迎えた私は「あと幾年も生きるわけではなし、そんな手術はしたくない」とわがままを貫きました。

退院して自宅療養に移る時、私は迷わず寂庵に帰ろうと決めました。ここ数年、別宅を歩いて七分の近所に構え、仕事場にしており、鳴門《なると》にも新しくサンガ（精舎《しょうじゃ》）を造り、毎月岩手県の浄法寺《じょうぼうじ》町の天台寺《てんだいじ》にも通っています。その間に各地での法話や講談で飛び歩き、寂庵で腰を落ち着ける日がほとんどなくなっていました。

このたび足萎《な》えになって、もしかしたら、もう自力で歩ける日はこないかもしれないと思った時、迷わず「死ぬなら寂庵だ」と心に浮かんだのは、ここに祀《まつ》った観音様が呼んでくださったのだろうと思いました。

久しぶりに寝たきりで寂庵ですごしてみると、まるで待ち受けていたように雪が降りつづきます。最近は暖冬つづきで、ほとんど雪を見なくなっていました。縁側の軒いっぱいに下がったつららの輝きも、何年ぶりでしょう。

庭の木々は枯枝に連日、雪の花をびっしりつけ、花時よりも華やいでいます。こんな美しい庭を見捨てて、外ばかり歩いていた自分のうかつさが悔《く》やまれてなりません。

脚が一向によくならないので、私は自分自身の心に向き合うしかなく、久しぶりに自分の行く末のことなど考え、葬式の次第までこまかく案じつづけました。

そのうち雪がやみ、枯枝があらわになると、その枝のさきざきに小さな花の芽がびっしり生まれているではありませんか。

「あらっ、梅の蕾《つぼみ》があんなについてる！」

私のはしゃいだ声に寄ってきたスタッフたちがいいます。

「梅の蕾をしみじみながめることなんか、ありませんでしたものね」

白梅《はくばい》は、隣のご隠居さんがまだ一本の樹もなかったこの庭に、自分の庭の梅をぬいて運んでくださったものです。その隣の濃いピンクの梅は、谷崎潤一郎さんの小説のモデルになった京女の市田《いちだ》やえさんが、天神さまの縁日で買ってきてくれたものです。まるでおやえさんのように、こってりとあでやかな花を咲かせてくれました。

それから三年たち、ちょうどこの梅が満開になった頃、病気療養中のおやえさんが見えられ、縁側に座って、咲きほこるこの梅の花を見あげ、「まあ美し

紅白の梅の花が咲き始めた寂庵の庭

いこと、まもなくわたくしはあなたのお姉さまにお逢いしますからね、寂庵の『おやえ梅』がどんなに美しく咲いていたか、お話いたしましょう」とつぶやかれました。姉はその二年前、梅の花ざかりにすでに他界していました。おやえさんの梅が散りはじめた頃、おやえさんも浄土《じょうど》へ旅立っていかれました。

谷崎さんの小説は中断したまま未完に終わりました。いまでは寂庵のあでやかな紅梅だけが、生前のおやえさんの華やかなおもかげを伝えています。

「さば」と小鳥

昭和四十八年の十一月、五十一歳で出家した私は、翌年の四月二十六日から六十日間、比叡山横川行院《ひえいざんよかわぎょういん》で厳しい加行《けぎょう》を受けました。天台宗《てんだいしゅう》では四度《しど》加行《けぎょう》といいます。本来の修行正行する前の準備の修行というものです。

この行《ぎょう》は荒行《あらぎょう》と呼ばれていて、行の厳しさの点では「一比叡、二高野《こうや》、三恐《おそれ》山《ざん》」と世間に伝わっています。同期の院生は四十人ばかりで、私より十歳ほど若い尼さんが四人います。他はほとんど二十歳前後の青年僧です。ほとんどお寺の息子さんで、この行を受けなければ住職になれないので、親に強《し》いられて来ている様子でした。私の息子のように若い彼らは、脚が長く背も高いので、同じ行動をしても、私は小走りでないと彼らに追いつけません。

比叡山の奥の横川は昔から修行の場だったので、歴史に残る高僧たちが若き日、ここで修行されています。道元《どうげん》、日蓮《にちれん》、親鸞《しんらん》、一遍《いっぺん》たちも、ここで私たちと同じように行をしたのかと思うと、うれしくなるのでした。

横川は比叡山のなかでも、格別山深い感じのする静境ですが、私の入った四月の末頃はまだ下界より二か月遅れの気候で、真冬の寒さでした。

それでも、無我夢中で、走ったり、作務《さむ》をしたりしているうち、ふと気がつくと、肌にふれる空気がやわらかくなっていて、春の足音を感じさせられるのでした。

新聞もテレビも、ラジオもないので、世の中に何が起っているのかまったくわかりません。親が死んでも帰れないといわれているので、浮世とは縁のない特別な世界でした。

それだけに、自分のまわりの自然の息吹《いぶき》が、これまでとはまったくちがった親しさとなつかしさで、身にも心にも迫ってくるのでした。

ほととぎすの声が聞こえてくるだけで、院生たちは顔を見合わせてよろこびます。

「何といって鳴いているかわかるか」

院生とあまり年のちがわない若い教師の僧が聞きます。

「てっぺん駆けたか」

だれかが答えますと、別のひとりが、

「ちがう、おれの父は酒呑みで『一本《いっぽん》つけたか』って、ほととぎすが鳴くと酒をせがむんだ」

といいます。教師の僧は、

「我々坊主には、『雑巾《ぞうきん》かけたか』と聴こえるんだ」

などと笑わせます。

起床は午前五時半、就寝午後九時が前半一か月、あとの一か月は密教の行に入るので、起床は午前二時、就寝午後八時。食事は、朝は薄いお粥と梅干、昼は一汁一菜、夜は一汁三菜。三菜といっても、ひとつは漬物だから大したことはない。もちろん精進料理《しょうじん》です。作務で採ってきたつくしやわらびや、木の芽などが、てんぷらになって出されようものなら、院生は狂喜します。でも食事中は無言が規則なので、声に出してはよろこべません。

食事も行の一部なので、気を許せないのです。食事中は、ものを噛む音も厳禁です。二切れ出されるたくあんを噛む音もいけないので、私は噛まずにのみこんでしまうことをおぼえました。

行院の朝の食事のときは、かならず薄い粥を七粒すくって小皿に取りわけます。それは「生飯《さば》」といって、餓鬼や鬼子母神《きしもじん》に与えるためといわれます。宋音の「散飯《サンバン》」がなまって「サバ」になったといわれます。

行院では、「小鳥たちに与える」と教えられました。

食堂《じきどう》の入口の庭先に「さば台」がしつらえられていて、そこへみんなの「さば」を集めた皿を出しておくのです。始終おなかを空かせている若い院生が、その時はやさしい表情で「さば」の皿を台に置くのをみるのは、心あたたまる風景でした。

行が終わって、自分の庵に帰ってからも、私は庭に「さば台」を造り、小鳥たちにお布施するようになりました。そのせいか、寂庵の庭にはいつも小鳥たちが集まってきて、のんびり遊んでいます。

寂庵の見事なしだれ桜

花まつり

四月八日は釈迦牟尼仏降誕《しやかむにぶつごうたん》の日ということになっていて、仏教の寺々ではその日を祝福してそれぞれ法会《ほうえ》を営む。灌仏会《かんぶつえ》とも花まつりとも呼ばれている。陽暦四月八日は、日本ではまさに桜の花盛りの頃で、入学式の日にも当る。

私の幼い頃、まだ小学校へも上らない頃から、近くの尼寺の花まつりに出かけていた。小さな庵に年寄りの尼さんがひとり、ひっそり住んでいるだけで、普段は白い障子の向こうに人がいるのかいないのかわからないような、淋《さび》しいお寺だった。

ところが毎年四月八日になると、朝早くから尼さんが甲斐甲斐《かいがい》しく立ち働くのが見られた。庵の庭に台が置かれ、その上に屋根を花々で色とりどりに美しく飾った花御堂《はなみどう》が置かれる。四本の細い柱に支えられた屋根の下には水盤《すいばん》の小さいのが置かれ、そこには甘茶《あまちゃ》が満たされ、その水盤の真ん中には誕生仏が立っていた。小さな半裸の仏さまは右手を高く天に向かってあげ、左手は下にのばし地を指していた。

お釈迦さまはルンビニーでお母さまのマヤ夫人《ぶにん》から生まれた時、すぐ立って、そういう姿勢をとり、「天上天下唯我独尊《てんじょうてんげゆいがどくそん》」と叫ばれたと仏伝には伝わっている。そして天からはお釈迦さまの誕生を祝って甘露《かんろ》と呼ばれる甘い雨と、花が降りそそいだと伝えられている。

その仏伝にちなんで、天と地を指した誕生仏を置き、甘露にあやかった甘茶をおかけする行事になった。

幼い私には、くわしいことは何もわからないまま、屋根をきれいな花々で飾った花供養がなつかしく、教えられるままに、見様見真似で、小さな杓《しゃく》で水盤の甘茶をすくって、誕生仏に頭からかけるのが楽しくて、春になると、その庵へ行くのが待ちどおしかった。

徳島の町も、あの長い戦争の末期に空襲にあい、町の大方は焼き払われ、私の母と祖父も防空壕で焼き殺されていた。

敗戦の頃、私は北京《ペキン》で暮らしていたので、故郷の町が焼け失せたことも、母と祖父が焼死したことも全く知らなかった。

終戦の翌年の夏、着のみ着のままで、二歳の女の子と夫の三人で引き揚げてきた時、はじめて変わり果てた焼け野原の故郷の町の姿に、たどりついた徳島駅で茫然と立ちすくんだ。

花まつりを私に教え、あの尼寺へ私の手を引いて、はじめてつれて行ってくれたのは母だった。母は老尼と親しそうに話し、私をそこに残して帰っていった。

故郷に帰り、すこし落ちついてから、私は子供を背負ってあの尼寺のあとを訪ねてみた。そのあたりもすっかり焼かれていて、バラックの呑み屋が支えあ

花御堂の水盤に立つ小さな誕生仏

うように並んだ場所になっていた。尼さんの安否など誰に聞いても知らなかった。

それから三十年近く歳月がすぎ、私は家と家族を捨て、小説を書く人間になっていた。その上、五十一歳で出家して尼になっていた。京都に自分の庵の寂庵を持ったはじめての春、私は花御堂を仏間の前に据え、その屋根に自分の手で花々を飾った。

桜、椿、連翹《れんぎょう》、こぶし、菜の花、れんげ草、手当たり次第集めてきた花々で小さな屋根をふきながら、私はふと涙を流していた。この小さな誕生仏を古美術商で見つけたといって、私にくれた無神論者と自称していた縁の深かった男も、とうに死んでいた。育てなかった娘は結婚してアメリカで暮らしていた。花まつりのことも教えてやらなかった娘は、その父と共にクリスチャンになっている。

その後また不思議な仏縁で、私は岩手県極北の天台寺《てんだいじ》の住職に晋山《しんざん》していた。そこは桜の花が一月《ひとつき》遅れて咲く。私は五月第一日曜を天台寺の花まつりにして、賑《にぎ》やかな稚児《ちご》さん行列もはじめた。その地方の甘茶が日本一美味とはそれまで全く知らなかった。おかげで私は年に二度も灌仏会《かんぶつえ》をつづけている。

東慶寺の二本の桜

北鎌倉の東慶寺《とうけいじ》は江戸時代から駆け込み寺として聞こえていた。封建制度の江戸時代の女たちは恋愛の自由も結婚の自由もなく、家や親の都合で嫁《とつ》がされ、婚家の家族や夫の都合で、一方的に離縁されても文句は言えなかった。

妻のほうが夫や夫の家族に堪えかねて離婚を望んでも、無視されてしまう。がまんならない妻は、東慶寺へ駆けこんで助けをもとめた。

東慶寺は尼寺で、庵主が、逃げ込んだ女たちをかくまい、尼僧のきびしい修行をさせ、将来の相談にものった。追手が来ても、寺の中は治外法権で、相手にしなかった。逃げこむ女たちは追手に迫られると、履物をぬいで寺の石段の下から門内へ投げ込んだ。体が追いつかないでも、履物さえ門内に入れば、女自身が寺に入ったと認められた。それで駆け込み寺の名が生まれたという。

東慶寺は、今も道路から石段が高くにある門までつづいている。この寺に田《た》村俊子《むらとしこ》の墓がある。俊子は近代に入って以来、日本の女の小説家としてペン一本で食べられた最初の職業作家であった。

樋口一葉《ひぐちいちよう》がその前に出ていたが、一葉は二十五歳で病死するまで、文名は上がったが、小説では食べられなかった。

俊子は一時、流行作家的存在になったが、田村松魚《しょうぎょ》という夫のある身で、鈴《すず》木悦《きえつ》という新聞記者と不倫の関係になり、悦がカナダに行った後を追って、自分もカナダへ渡り、筆を絶っていた。悦の死後、十八年ぶりで帰国したが、もはや往年の筆力はもどらず、中国へ渡り、そのまま北京、上海《シャンハイ》で暮らし、終戦の年の四月十六日に上海で死亡した。

波瀾万丈の俊子の生涯を私は書き、その書物『田村俊子』によって、第一回田村俊子賞なるものを受賞した。

今浦島《いまうらしま》になって帰ってきて以来の俊子は生活費にも困り、友人、知人に借り倒して迷惑をかけている。着物も服も友人のものを身につけ、人の夫まで自分のもののように扱った。

それでいて、妙に人に好かれて、好きになった人たちは、俊子の無鉄砲さにかえって惹《ひ》かれるという不思議な魅力を持っていた。

俊子の死を惜しんだそうした友人たちが、「俊子会」をつくって、墓を建てたり、俊子賞を始めたり、東慶寺の庭に俊子の小さな文学碑まで建てた。

俊子の死後、作品が文学全集に入ったことで印税などがたまり、その金で俊子賞の賞金を出すということになったのだった。

昭和三十六（一九六一）年四月十六日は、文学碑の除幕式と授賞式が同時に行われた。朝から快晴で、寺の庭は花々が咲き競い、新緑もまぶしく、空気も匂いたっていた。花々の下で薫風に吹かれて受賞する幸せは格別であった。私はこの日の記念として、俊子の文学碑の石を選んだ庭師さんに依頼して、うこん桜と八重桜を二本、門を入ってすぐ左側の庭の隅に植えてもらった。その二

満開の桜とともに

本の桜は年々に大きく育ち、見事な花をつけ、俊子の霊前に供えられている。御住職の井上禅定《いのうえぜんじょう》師は、八重を晴美《はるみ》桜、うこんを寂聴桜と命名して下さった。選者の阿部《あべ》知二《ともじ》、草野《くさの》心平《しんぺい》、立野《たての》信之《のぶゆき》、武田泰淳《たけだたいじゅん》、佐多《さた》稲子《いねこ》、湯浅《ゆあさ》芳子《よしこ》、小林《こばやし》哥津《かつ》、山原鶴《やまはらたず》のすべての方々も、今は彼岸に渡られている。そして、二本の桜をこよなく愛してくださった禅定師も……。

葵祭

京都は祭が多い。一年じゅう、どこかで何かの祭が行われているような気がする。その多い祭の中でも、祭といえば、京都人は直ちに五月十五日の葵《あおい》祭を連想する。

俳諧でも祭といえば、京都の賀茂《かも》祭、即ち葵祭のことを指していた。

賀茂祭とは、京都上賀茂神社（賀茂別雷《かもわけいかずち》神社）と下鴨神社（賀茂御祖《かもみおや》神社）の例祭のことで、桓武《かんむ》天皇以来官祭となって、祭の当日には勅使が参詣し、群衆がその行列を見物に集まった。祭の二、三日前に、斎王《さいおう》の御禊《ごけい》があった。応仁《おうにん》の乱以後、約二百年中絶していたのが復活し、現在は新暦五月十五日を祭の日と定め、斎王代が民間の令嬢から選ばれ、祭の前に御禊の行事も行われている。

斎王代の行列につきそう女官たちも、民間から選ばれて、その華やかな王朝の衣裳も、見物の目を楽しませる。

斎王代は昔ながらの御輿に乗って御簾《みす》のかげになってほとんど顔が見えない。私の知人のお嬢さんが二人斎王代に選ばれたので、私は選ばれた家のその前後の大変さを身近に見ている。斎王代と呼ぶのは、本物の斎王ではないからで、町の人はそんなことはおかまいなしに斎王さんと呼んでいる。

馬に乗った供奉《ぐぶ》の上達部《かんだちめ》もやはり市民の中から選ばれる。馬は祭のために調達するので必ずしもしつけられた馬ばかりでもない。それをひく家来たちは、アルバイトの学生たちが多い。

行列は御所の堺町《さかいまち》御門から出て来る。当日は御所の庭にも見物席が設けられ、朝早くから人々がつめかけている。祭の行列の通る道筋も道路に沿って見物がびっしり並ぶ。

たまたま、私は堺町御門の真前の道路の向う側の町屋が手に入った。すっかり荒廃していた家に手を入れ、内部も明治末か大正時代のような様子に造作して、元の形に戻した。九坪ほどの地にいっぱいに建った二階家は、おそらく京都で一番小さな町屋であろう。その二階からは、葵祭の行列が門を出るところを目《ま》の当たりに見物出来る。これも京都で一番すばらしい見物席だろう。馬に乗った上達部とは、顔をつき合すような近さで思わず両方から笑いかけてしまう。

この祭には、社殿《しやでん》、末社《まつしや》、翠簾《すいれん》に賀茂葵を掛け、民家も軒毎に葵を掛ける。それで葵祭と呼ぶそうだ。葵を人々が衣類や頭髪に掛けると雷除けになると言い伝えられている。

京都に住むようになって、私はくしくも自分の誕生日と同じ葵祭の日に、友人たちから誕生祝いをしてもらうようになった。

堺町御門前の町屋が手に入ってからは、誕生日はその町屋で人を迎えることが多くなった。その家にはもちろん、他家に倣《なら》って、葵の葉を飾る。食卓にも、ざぶとんの上にもさりげなく葵の葉をのせておく。

あと幾歳まで、私はこの町屋で誕生日を迎えることであろうか。

葵祭の行列は堺町御門から出て来る

紫陽花

岩手県の極北の八葉山《はちようざん》天台寺の第七十三世住職になって晋山《しんざん》したのは、一九八七年（昭和六十二年）五月五日であった。出家したのは全く自分の文学の背骨をもっとしっかりしたものに鍛えたいというためであって、将来、寺を持ったり、住職になろうなどとは夢にも考えていなかった。仏教の師匠の今東光《こんとうこう》先生も、最後まで小説を書けと命じられた。

それでも、今師が貫主《かんじゆ》であられた平泉《ひらいずみ》の中尊寺《ちゆうそんじ》で得度《とくど》したため、深い東北との絆《きずな》が結ばれて、全く思いがけない成り行きで出家後十四年目に、中尊寺の末寺の天台寺の住職となった。すべては摩訶不思議《まかふしぎ》な仏縁だとしか考えられない。五十一歳で出家した私はすでに六十五歳になっていた。

当時の天台寺は、荒れ果てていて目も当てられなかった。前は長い参道の両側に千年近い年輪を持つ杉の大木が鬱蒼《うっそう》と聳《そび》えて並んでいたというが、戦後の昭和二十八年に業者にそそのかされ、すべて伐られて売りとばされていた。昼でも暗かったほどの参道は、大きな伐り口を見せた杉の根元が無惨に残っているばかりで、あっけらかんと明るかった。

痛ましい伐り口に私は墨で仏像の顔を描きつけながら、この山をどうしたものかと思案にくれた。杉の苗木を植えても生長するまでに私の命はないだろう。たまたま晋山した五月は、京都より一月遅れの桜が、山にも里にも鮮やかに咲いていた。天台寺の境内《けいだい》にも大きな桜の木が、四本、満開の花をつけていた。

そうだ、花で山を埋めよう。私の思案は即座に結論を出した。花は紫陽花《あじさい》だ。

寂庵の庭をまかせている若い庭師に相談すると、すぐ紫陽花の苗を二千本、来年までに育ててくれるという。一年はたちまちすぎ、京都から運んだ紫陽花の苗を檀家総出で、植えてもらった。広い境内に二千本はどこに植えたかわからないほど見栄えもしなかった。

私は法話の度、どうかあなたのお庭の紫陽花をお山に下さいとお願いした。いつの間にか、参詣者の多くは、根のついた紫陽花をお伴にお山に登ってくれるようになっていた。

出家から三十九年の歳月が流れ、私は九十歳になった。紫陽花は参道にも、山の道にも咲き満ちて、もう数えきれないほどになっている。この花も京都より遅く、天台寺では七月から咲きはじめ八月が最も美しい。いつの間にか天台寺では七月に「あじさい祭り」という新しい行事が増え、この日は、野点《のだて》のお茶会が開かれるようになっている。

七色に変わるという紫陽花は、天台寺の土や空気に合ったのか、いつでも北の空の碧《あお》さを映したように瑠璃《るり》色に輝き、山を華やかに化粧している。奥の方には小学生や中学生に植えてもらった杉の苗木も、もう見上げるほどになって

天台寺の青空説法

いる。私は相変わらず老体をはるばるみちのくの果てに運び、青空説法をつづけている。

沙羅双樹

梅雨に入る頃、沙羅双樹《さらそうじゅ》の花が寂庵の庭に咲きはじめる。植えたときはまだ少女のような背丈で細っそりとしていたのに、寂庵の他の樹々と同じように、三十年以上もの歳月がすぎるうちに、すっかり生長して、今では嵯峨野《さがの》サンガ(精舎《しょうじゃ》)の屋根より高く伸びている。

祇園《ぎおん》精舎の鐘の声
諸行無常の響きあり
沙羅双樹の花の色

盛者必衰《じょうしゃ》の理《ことわり》をあらはす

平家物語の冒頭に出ているこの唇になじみ易い詩を、日本人ならほとんどの人が諳《そら》んじているか、いつか聞いたことがあると、記憶にとどめている。

私も少女の頃、平家物語をはじめて読んだ時から、この詩を覚えこんでいた。

成人して、思いもかけず、出家することになり、天台宗の尼僧となってからは、インドの北から南まで仏蹟を訪ねて十回以上も巡礼の旅をしている。

耳の底にこびりついている祇園精舎の跡へも度々訪れた。広々とした精舎の跡は、いつ行っても清らかに掃除がゆきとどいていて、すがすがしかった。釈尊が法話をされたという場所なども伝えられていた。精舎とはインドの古いことばのサンガに漢字をあてたもので、同志とか、同じ志を持ったものが集まって修行する道場という意味だそうだ。それが日本では寺の起源になった。

釈尊に帰依《きえ》したスダッタ長者が、釈尊とその教団のためにジェータ太子の広大な林苑《りんえん》を買いとってそこに精舎を建て、釈尊に寄捨した土地だった。

その中に修行僧が病気になり死を待つ身となると、移り住む建物があった。無常堂と呼ばれるその建物の四隅に鐘が吊《つ》ってあり、病僧の死ぬ直前には、ひとりでに鳴りだし、死にゆく病僧に人生の無常を説くと伝えられている。その鐘は玻璃《はり》の鐘だという。今から二千五百年も昔からガラスの鐘があったということが驚きであった。ガラスの鐘の音はやさしく澄みきっていて、まさに命終らんとする病者の耳にも無限にあたたかな慰めを与えたことだろう。そう思う時、いっそう沙羅双樹の花の色にあこがれが強まった。日本では朝咲いて夕方に散るはかない命の夏椿《なつつばき》を、沙羅双樹と呼んで、京都の寺などでは梅雨の前後に苔《こけ》の上に散ったその花の姿を、参詣者に見せているところもある。

この木は仏伝では釈尊の涅槃《ねはん》の時、死床の四囲に植わっていた木で、釈尊の死と共に花も木も枯れて鶴《つる》のように真白になったとある。これも無常を示した話であろう。

インドで教えられた沙羅双樹の花は、見るからに貧相な白い花が大きな葉のかげにしょぼしょぼ咲いていた。これでは日本の代用品の夏椿の方がずっと美しい。五枚の花びらのふちがレースのようにこまやかな縮みに飾られていて、純白の花の芯は黄金色で華やぎがある。散っても苔に映えて美しく、二日くらいは色が変わらない。私はもちろん、夏椿を寂庵の沙羅双樹として育てている。

仏縁によって、出家した私が岩手県極北の天台寺へ住職として晋山《しんざん》してそのまま寺に泊りこんでいたある朝のこと、鐘をつこうとして歩き出した私は、鐘楼の脇に立っている大木の上方に真白に咲いた六月のおびただしい花を見て声をあげた。それまで、あんまり行事が多くて、私はゆっくり空を見上げる閑もなかったのだ。檀家の年寄りが、私の奇声にびっくりして近づいてきた。

「この花は、もしかして沙羅双樹？」

「さあ、ここらではしゃらと呼んでる」

私は思わず、その大木に向って掌を合わせた後、おもむろに鐘をついた。境内を越え、山を渡り、どこまでも広がっていく清らかな鐘の音に、私は、はるかなインドの玻璃の鐘の幻の音を思い描き重ねていた。

藤の花房

　源氏物語の中には、美しい女君《おんなぎみ》たちが書きこまれています。光源氏《ひかるげんじ》の愛した女君たちでも十指に余ります。

　なかでも光源氏が永遠の恋人として愛したのが、父、桐壺帝《きりつぼのみかど》の最愛の中宮《ちゅうぐう》藤壺《ふじつぼ》の宮《みや》でした。

　藤壺の宮は、桐壺帝がもっとも溺愛《できあい》した桐壺の宮が帝《みかど》との愛の結晶として産んだ光の君を遺し、早逝《そうせい》したあとに入内《じゅだい》した人でした。与えられたお部屋が藤壺だったので、藤壺の宮と呼ばれます。

　この方は、亡き桐壺の宮と容貌がそっくりだったので、帝のお心をこよなく惹きつけました。光の君が十歳のとき入内した藤壺の宮は、光の君とは五歳しか離れていません。継母《ままはは》というより、姉のような感じの面影の人のうえに、顔もおぼえていない亡き母への思慕を重ねて慕ううち、その思慕の想いは、いつしか初恋の想いになっていたのでした。

光の君の若い情熱は道ならぬ恋を現実のものとし、ふたりのあいだの愛の証《あか》しとして、藤壺の宮は男の御子《みこ》を産んでしまいます。その御子は桐壺帝の皇子《みこ》として育てあげられ、桐壺帝亡きあと、藤壺の宮は出家してしまいます。そうするしか、愛する子とその実の父の光源氏を守る方法がなかったのでした。

私は女学校へ入学した十三歳のとき、学校の図書館ではじめて読んだ与謝野晶子の現代語訳の源氏物語で、この悲恋を知り、その後、藤の花の美しさに憧れました。たまたま、その女学校の広い校庭の片隅に藤棚が造られていて、入学後一か月も過ぎると、藤の花房が見事に咲き匂いました。顔のあたりまで垂れてくる紫の花房を両掌《りょうて》に抱き、私は藤壺と光源氏の悲恋《ひれん》を想い、多感な少女の感傷に酔いしれたものでした。

成人して、さまざまな運命の波をくぐり抜け、物書きになり、やがて尼になった私は、京都の嵯峨野に庵を構えたとき、庭に藤棚を造りたいと思いました。ところが、庭師の青年がどうしても藤棚を造る場所がないと造ってくれないまま、年月が過ぎていきました。

あるとき、私は上賀茂神社へお詣りに行った際、門前に坐《すわ》りこんでわずかな鉢植えを売っている老人を見かけました。その鉢のなかに藤の花を見つけ、その場で需《もと》め、寂庵へ持ち帰りました。貧相な花房を垂れたまま、それでも紫の花は、私の永年の夢に応えてくれました。

それから何十年経ったことでしょう。青年だった庭師の卵は、日本でも指折りの立派な庭師に育っていました。

ある年、小さな壺庭の隅に立派な藤棚を造ってくれていました。

「まあ、いま頃」

私が思わず笑いだすと、弟子をいっぱい引きつれた庭師は、鷹揚《おうよう》に笑いながら、

「庵主さんのお元気な間に藤棚を造らないと怨まれると、永年思い続けていたのです。もう寂庵の庭はできあがったから、いまなら大丈夫です。藤棚の藤がいくら咲いても負けません」

けれども、花が咲くのは二、三年先だろうというのです。

その通り、もう三年もたつのに、まだ藤棚は青々と葉ばかり繁らせて、花房はつきません。ところがそんなある日、私が半年足が萎えて寝つき、ようやく杖《つえ》にすがって歩きはじめた頃、ゆっくり裏庭までよたよた歩いていったら、庭の塀にひょろりと枝をのばした藤があり、それにふっくりとやさしい藤の花房がひとつ下がり、ひっそりと匂っていたのでした。

その枝をたどっていくと、土の上の雑草に包まれた小さな鉢が見つかりました。私が何十年も前に買ったあの藤の鉢なのでした。余りの偶然の賜《たまわ》り物に、私は涙の滲《にじ》んだ目でしみじみその花房を眺め、掌《てのひら》に抱き、頰《ほお》ずりしました。きっとこの花は私の脚の立つことを祈ってくれていたのだと思います。

蓮の声

今から大方七十年も昔のことになる。長い戦争の終わりが近づいていること
も知らず、私は新婚の生活を夫の赴任地の北京で過ごしていた。外務省留学生だった彼は、その期間が過ぎても北京を離れようとはせず、中国の古代音楽史の研究を続けている学者の卵だった。
生活費は師範大学で講師をしたり、ラジオで日本人に中国語を教えたりして得ていた。
一年もたたないうちにドイツ系の輔仁《フーレン》大学に転職したので、私たちは東単《トンタン》の銀座に当る王府井《ワンフーチン》の近くの胡同《フートン》から、北京の西北端の地に移住した。輔仁大学

やそこの教師たちの宿舎がその近くに固まってあった。夫は助教授になり、自分の研究している学問を講義でき、愉快そうだった。私はそこで女の子を産んだ。

宿舎の近くに什刹海《シージャハイ》があった。緑色の真珠と呼ばれる美しい湖のあたりは、北京でも名勝としてあげられている。湖畔は緑の爽《さわ》やかな柳でふちどられ、有名な料亭が立ち並び、湖畔の道はいつでも散歩の人々で埋められていた。湖はまた学生たちのボート遊びの最高の場でもあった。什刹海はまた蓮《はす》の花の名所としても有名で、東の水域は夏になると蓮の花が咲き乱れて極楽浄土を出現させる。

朝早く、まだ人の来ない什刹海に赤ん坊を抱いた夫と、蓮を見に行くのが、その当時の私たち家族のなによりの愉しみだった。

蓮の花は数え切れなく、生まれたばかりの朝陽の光にうながされるように、私たちの目の前で、次々花開いている。薄紅色や白色の花びらがため息を吐くように震えながら次々開いていく様は、見ている者も思わず花に合わせて深い息をうながされているような酔心地に誘われる。

「ほら、聞こえるだろう。蓮は開く時、ポンと音を出してるんだよ」

夫が教えるが、どう耳を澄ましても私には聞こえない。私は自分の耳が急に聞こえなくなったのかと不安になり、

「何も聞こえないいんだけど……」

と情けない声を出した。

「だろう？　ぼくも蓮の声なんて聞いたことない。でもこの辺《あた》りの老人たちは、そう言い伝えて、自分も聞こえると信じている」

私より九歳年長の夫は、自分の教えている学生と変わらない年齢の私に、時々とんでもない嘘話をしてからかう癖があった。

その時、私は思わず、「あっ」とつぶやいて首をかしげた。

「聞こえた！　ほら、蓮がため息みたいな声を出して開いている……ほら……」

ちょっと耳を澄ます表情をしたが、すぐ夫は笑いだした。

「そんなはずないよ。蓮に声なんかないよ」

だまされた仇うちに私もほんとうらしく嘘をついたのだと思って、夫はもう話に乗らなかった。

二十一歳だった私は、今や卒寿になっている。目も薄く、耳も遠く、足もすっかり衰えている。

什刹海《シージャハイ》で蓮を見た赤ん坊が四つになった時、私は稚拙《ちせつ》な恋に迷い、夫と子供との家を飛び出し、とんでもない生活を選んでしまった。

母親に捨てられても娘は聡明な養母に育てられ、美しく成長して、双子の孫を得ている。つまり私にとっては、双子の曾孫《ひまご》ができたことになる。

娘の父はすでに亡くなっている。アメリカから、六十の半ばを超えた娘と、弁護士になった孫娘と彼女の産んだ双子の曾孫が訪ねてきた。二歳になった双子たちは、ちょこまか歩きまわり目が離せない。片言の英語と日本語で何やら意志表示をしたがる。

近頃とみに杳《くら》くなった耳の奥に、ふっと什刹海の蓮の声が聞こえてきた。聞こえるはずのない蓮の声は、幻とでも呼ぶのだろうか。

浄土の蓮は車輪のように大きく白、赤、青、黄と華やかで、それぞれの色の光を放っているとお経にいう。もしかしたらその花の開く時、それぞれの霊妙《れいみよう》な音を発するのではなかろうか。私の耳の底に残っている蓮の声は、その遠いこだまであったのかもしれない。

天性の狂言師の幸福な死

人間国宝で文化勲章受章者の狂言の名人、茂山千作《しげやませんさく》さんが亡くなった。半世紀以上のおつきあいなので、がっかりするより、きょとんとしてしまった。先代の三世千作さんから私は茂山家の舞台を観させてもらってきたが、三世千作さんの気品の高いたたずまいと、美しい声にすっかり魅せられて、私は狂言に目を開かれたといっていい。その長男として生まれた千五郎《せんごろう》さん（のちの四世千作さん）と弟の千之丞《せんのじょう》さんの名コンビの狂言に、私はまた熱中した。なんといっても茂山家の男たちの声の好《よ》さは、他に並ぶ者がない。朗々としているし、歯切れがいいし、聴くものにとっては、肉体的に快楽を与えてくれる。

弟の千之丞さんが理論的で、新しい演劇にも通じていて、演出の名人だったので、兄弟二人で組んで、次々と旧《ふる》い狂言をよみがえらせ、他芸能の舞台にも臆せず挑戦して、かつてない狂言ブームを戦後に巻き起こしている。

茂山家は夏稽古に寂庵を使ってくれたりしたこともあり、偶然祇園で出逢うと、夜遅くまで一緒にお酒を楽しむこともあった。そんな関係から新作狂言を請われ、なんでもやりたがりの私は、恐れも知らず、頼まれるままに二つ、三つ書かせてもらった。地方の神社で演じられたが、最後の「居眠り大黒《だいこく》」は、四世千作さんのために書いた。比叡山の大黒さまになってもらうという役だが、千作さんの表情を粋《いき》な大黒さまに仕立てて私は一気に書いた。それが京都の舞台にかかると、まるで本物の大黒さまのような大様《おおよう》でしかもさばけた粋な大黒さまになっていた。

千之丞さんはせりふの一言も手のちょっとした上げ下げでも、計算され尽くしたものに、稽古の仕上げの磨《みが》きがかかっていたが、千作さんは、全身、指のすみずみまで、天衣無縫《てんいむほう》で、そのくせ、ただすっと橋がかりに現れた瞬間、観客は思わず幸福な温かな気分に包みこまれて、ふっと笑ってしまうのであった。

存在そのもので、他者を幸福にするとは、まさに、神さまか仏さまである。ある時、お酒を呑みながら、私がそう千之丞さんに話したことがある。その時、千之丞さんは言下に、

「そうでっしゃろ。あれはもう人間やおまへん。ものの怪《け》ですわ。することすこと、神にも仏にも動物にでもぴたりと収まってしまいます」

「ああいう人を天才というんでしょうね」

「そう、天才です。天才は世間の常識からいつの間にやらはみ出しています」

そう言って嬉しそうに声をあげて笑った千之丞さんの笑顔が私の瞼《まぶた》の裏に焼きついている。それから程なく千之丞さんが先に逝ってしまった。私はその急逝に呆気《あっけ》にとられて、しばらく涙も出なかった。

思いがけない逆縁で、頼りきり信じきっていた千之丞さんに先立たれた後、千作さんはどんなに淋しかっただろう。それでも優秀な一座の若い才能の育つ

のを見ながら、関西大蔵流《おおくら》の益々の発展と、茂山家の未来の栄光を信じきって、九十二歳から肺ガンになっていることも知らず、家内の誰をも起こさず、九十三歳の五月二十三日こっそりあの世に旅立ってしまったと聞く。最期《さいご》まですっきりした千作さんだった。あの世では待ちかねていた千之丞さんと、手をとりあって、笑っていることだろう。あの朗々とした笑い声が聞こえてくる気がする。

まぼろしの桔梗の庭

その女《ひと》は、京都で、さまざまな意味で噂の女人《にょにん》であった。古都でも一、二を争う老舗《しにせ》の呉服屋の秘蔵娘として育てられている。東山の彼女の生まれた別荘は、今では観光名所の一つとなっている。

若くして結婚した日本画家は、三人の美しい娘を残し、早世していた。岡崎《おかざき》の優雅な住まいで、何不自由なく暮らしている未亡人の華やかな行状は、何かにつけて古風なしきたりに生きる古都の人々の目をそばだたせ、神経を刺激する。妖艶《ようえん》な肉体をいつでも最高に豪華な衣装に包み、澄んだ美しい声で臆することなく男性の議論に割って入る。趣味の油絵も個展が開けるし、いつの間にか典雅な詩集も出している。毛筆の字の美しさも定評があった。

「わたくしの趣味の最たるものは恋愛よ。男狩りといった方がわかりいいかしら」

と艶然《えんぜん》と笑う。傍若無人《ぼうじやくぶじん》な言動にも上品さは少しもそこなわれず、長女は東京の名門大学に勉学中だという年齢を全く感じさせない。

谷崎潤一郎氏がこの人をモデルに週刊誌に小説を書きはじめたのを、何回めかで中断させてしまったという事件があった。その件でも、彼女の悪名《あくみよう》はいや増した。

中断された小説のあとを書いてみよという出版社の注文があり、私はとにかく本人に会わなくてはと、京都に向った。

ところがはじめて会った問題のY夫人の魅力に、私は一日でとりこになってしまった。私が男なら、その日のうちに夫人に狩られてしまっていたであろう。その後、不思議な縁で、私は京都に棲《す》みつくと、かつて、谷崎氏とY夫人がそうしたように、隅から隅まで、京都案内をしてもらい、あらゆる便宜をはかってもらうようになった。私が引きつけられた魅力の原点は、彼女の底抜けの天真爛漫《てんしんらんまん》さと、日本人離れした心の自由さにあった。彼女を書く仕事は出版社に断った。

Y夫人の棲居《すまい》は、純京風なたたずまいで、室内は平安朝風に飾りつけ、几帳《きちょう》をたて、御簾《みす》を巻き、名香《みょうごう》をくゆらせていた。

南に面した広い庭は白砂がしきつめられ、遠い塀ぎわの築山《つきやま》のあたりはすすきでおおわれていた。そのすすきの手前に桔梗《ききょう》の群生が澄んだ青を一刷《は》けで描いたように彩《いろど》っていた。あまりの鮮やかさに目を瞠《みは》って口もきけない私に、Y夫人は自分で点《た》てた茶を仁清《にんせい》の茶碗ですすめながら言った。

「あの桔梗、みんな刈りとってやろうと思うの。お好き？　あの花。あんな淋しい花、わたくしはいや。だって、日当たりがいいからいつの間にか増えてしまって、あんなに群生しているのになぜか寂しいでしょ？　万太郎《まんたろう》の句に、

かたまりて咲きて桔梗の淋しさよ

というのがありましてよ、さすが万太郎ね」

Y夫人は標準語を使う。それでもアクセントははんなりした京ことばのなまりだった。それはどんなきつい言葉もやわらかくなだめてしまうのだ。

きりきりしやんとしてさく桔梗哉《かな》

という一茶《いっさ》の句を反射的に思いだしたが、私は黙っていた。

私は桔梗が好きだった。弱そうでいてつよい芯があるふうに感じられ、青みがかった紫の色が哀しいほど澄みきって見えた。

その後まだ、庭らしい様《さま》にもなっていないいま新しい寂庵に、桔梗を群生させたいと、ずいぶん手を尽くしたが、どれも失敗した。

桔梗は、日当たりと、水はけのよい地を好むのだそうだ。寂庵の庭は年と共に人さまにいただいた樹々が生いしげり、森のようになり、苔はつくが、日蔭が多くなり、土は湿っているらしい。植えても植えても根づかない。それでも私はまだあきらめず、毎年新しく桔梗を植えている。まぼろしの桔梗の庭を夢みつづけながら。

Y夫人は老いを拒むようにとうに浄土に渡ってしまわれた。

長寿の秘訣

最近、新聞、雑誌、テレビのインタビューで呆れるくらい多くなったその質問のほとんどが、

「老いない方法」

「なぜ若いのか」

という類いのものである。

九十歳の私が近頃しきりに出歩いている様子が、彼らの目に映っているからだろう。

四十年前から「なぜ出家したのか」と何千回も訊かれて、困ったことを思い

だした。

五十一歳の十一月十四日に平泉の中尊寺で出家得度した私が、二〇一二年十一月で四十回目の得度記念日を迎えた。

どうせ三月《みつき》とつづかないだろうといわれたのに、四十年も大過なく尼僧としての生活をつづけさせてもらえたことを、つくづく有り難いと思う。

そのうえ九十歳の卒寿を迎えたのだから、ひとえに、これは観音様のおかげだと心で掌を合わせている。なぜ出家したかとの問いには面倒臭くなって、思いつきで、

「更年期のヒステリーのせいかも」

と言ってみたら、どの答えよりも質問者が納得したので、以来そう言ってごまかしてきた。そのうち自分でも、もしかしたら、その要素も多分にあったかもしれないと思えてきたから可笑《おか》しい。出家などという不思議な現象は、一たす一は二というように答えられない。摩訶不思議な、何かの神秘的な作用が働いて行なうもので、本人はもちろん、だれも、その時点ではわかっていないの

だと思えてきた。

ところで、長寿の秘訣とやらは、こちらこそどうしてと訊きたいくらいである。私は長命など、一度だって願った覚えはない。

母は五十一歳のとき防空壕で、アメリカ軍の爆撃により終戦前の七月に殺されているし、父は母のあとを追うように六十歳前に結核で死んでいる。たったひとりの姉は六十六歳で、ガンで死亡した。短命の一家といえよう。私ひとりがまさか九十歳まで長生きするなど、まったく予想したこともなかった。

生まれたとき、産婆さんに、「この子は一年もたないかもしれない」と言われたそうだ。母は不憫《ふびん》がって、ひ弱い子をわがまま一杯に育てたらしい。ひどい偏食もとがめず、どうせ死ぬ子だからと、いやというものは一切食べさせなかった。そのため、私は豆ばかり食べて育ったらしい。小学校に上がったとき、通信簿は六年間「全甲《こう》」だったが、栄養は「丙《へい》」となっていた。

肉も魚も野菜もきらいだった。

二十歳のとき婚約して、相手のために体をつくり直そうと、断食寮に入って二十日間断食した。ということは元の食事に戻すまで二十日はかかるので、四十日断食寮にいたわけだが、そのため体がすっかりつくり直され、偏食も直ったので、私の体はそのときから生まれ変わり、つまり二十歳若返ったのだといえる。出家の翌年、くも膜下出血もしたが、玄米菜食で治してしまった。爾《じ》来《らい》、至って健康である。出家したことも、命が延びた原因かもしれない。心にわだかまりをもたず、好きなものを好きなだけ食べ、呑み、好きな仕事に没頭していれば、長寿になるらしい。

嵯峨野の曼珠沙華

五十一歳の十一月に出家した私は、かねて見つけておいた嵯峨野にささやかな庵を建て、そこでひっそり晩年の日を送るつもりであった。ところが世の中はそうは予定通りにゆくものではなく、出家以前から憧れの嵯峨野は、もはや目ぼしい土地はすっかり買い荒らされていた。ほとんどあきらめかけた時、偶然見つかったのが奥嵯峨の造成地で、信じられないくらい安い地価だった。ところが千坪そっくりでないと売らないという。私は六十坪か三十坪でもいいとがんばるので、すったもんだしたあげく、銀行が仲に入り五百坪で話がついた。つまり私が銀行に借金を背負ったことになった。まさか九十歳まで生きのびようとは予想もしていなかったので、いくらすすめられても千坪代の借金を背負う蛮勇は、その頃の私にはなかった。

その土地は仏餉田町《ぶつしょうでんちょう》という。仏餉田とは仏にささげる米を作る田のことである。そばには小さな川が流れていて曼陀羅《まんだら》川と呼ばれ、川にかかったこれも小さな橋は曼陀羅橋と呼ばれている。

川の向うには昔ながらの藁《わら》屋根の家があり、その向うには岡のように低い曼陀羅山《さん》がひかえている。大文字の鳥居形が最後の炎をあげる山である。

わが土地の前は見渡す限り一面の畠《はたけ》で、その彼方に兼好《けんこう》法師のいた双《ならび》ケ丘《おか》が見え、更に彼方に東山連峰のなだらかな背が横たわっている。

出家した私にこんな仏縁の名称にかこまれた土地が恵まれるなど、まさに想定外の奇蹟であった。

塀も門もない殺風景な庵が建ち、そこへ移ったのが五十二歳の年の瀬であった。東京の建築家に設計してもらった平家《ひらや》の座敷に坐ると、土地が高台になっていたのか、目の下に東山まではるかに見渡せる。双ケ丘まで視界をさえぎるものはない。前の畠は早速俳人たちが「寂庵の前田《まえだ》」と呼び、句に詠《よ》みいれてくれた。嵯峨で前田のある建物は、寂庵と落柿舎《らくししゃ》だけだと教えてくれる人もいる。

寂庵の前田は三軒の家が分け持っていて、夫婦づれ、ひとり者、子供づれの家族と、それぞれ自分の田を勤勉に守っている。家族づれの田のまだ若い奥さんは、

「この子は小学校三年生だけれど、このご先祖さまから受けついだ田を、守って貰わないとこまるので、今から田んぼにつれてきて、仕事を教えているのですよ」

という。はにかみやの坊やは、お母さんの背にだきついて顔をかくしながら、くつくつ笑っている。畠好き?と訊くと顔をかくしたまま「だあいすき!」と答えた。

その年の彼岸《ひがん》の頃、畠のうねというううね一杯に真赤に咲いた曼珠沙華《まんじゆしやげ》の美しさに私は息をのんだ。

得度《とくど》するため、中尊寺へ向う列車の窓から偶然見た野火《のび》の鮮烈な赤さを想い出していた。

あれから四十年以上も過ぎている。今、寂庵の前田はすっかり売られ、造成され建売住宅が十軒余りも建ちかけている。庵の座敷からはもう双ヶ丘も東山も見えなくなってしまった。

何より畠を彩っていたあの鮮烈な曼珠沙華の火の色も、もはやない。

紅葉

卒寿を超えた祖母の菊江《きくえ》が、例年にない夏の暑さがさすがにこたえたのか、お盆が過ぎるのを待ちかねたように、一日も入院せず、家で大往生した。

巻紙に墨で書いた自筆の遺言があり、北嵯峨の祖母の隠居所は、孫の奈美《なみ》へ遺産として残された。

菊江を最期まで看取った手伝いの時子《ときこ》も、もう七十に手が届くというので、娘の家に引き取られることになった。それでも時子は奈美の家族が移ってくるまで居残って、引きつぎの世話を見てくれた。

奈美は祖母の平家《ひらや》の古風なこの家が好きだった。奥の四畳半の茶室も好《この》もしかったし、奥庭に祖母が掘った冷たい水の湧く井戸も気に入っていた。

毎年、春になるといち早く訪れる燕が、いつから造ったのか忘れてしまうほど古い巣の中へ、子燕を産みにくるのが愉しかった。

奈美は子どもの頃から、「おばあちゃんちのつばめさん」といって、それを見あげるのを楽しみにしていた。

時子は御近所の挨拶廻りにもついてきてくれた。数軒廻った最後に隠居所の真向かいに当たる白い洋館の家へ行く時、

「このおうちだけが、御近所で一番うるさ型のむつかしい御主人がいはるんどっせ。近所づきあいもせえしまへん。何かにつけ、怖い声でどならはるんどっせ」

と声をひそめた。確かに門の前に車をちょっとでも停めると、家の中からどなり声が飛んでくる。

うっかり買物籠を下げた近所の主婦たちが道の端で立ち話でもはじめると、すぐさま、どなり声がとんでくる。まだ若いのに何の仕事をしているのか、ほ

とんど家にいて癇癪《かんしゃく》ばかりおこしている。

「奥さんも似た者夫婦で無愛想仏頂面《ぶっちょうづら》どす。要するにこちらとは逆らわんようにして、つき合わんことどすな」

おだやかな時子にしては、珍しく口数多く注意していった。

住みはじめてすぐ、時子の注意が役に立った。庭師が入った日の午後、向かいの洋館の二階の窓が開き、黒めがねの中年の男が、癇症らしい声をはりあげ、どなった。

「庭で剪《き》った木を燃やすな！　煙がうちの窓から侵入してきて迷惑や！」

不機嫌な顔付きの妻女が玄関から首だけ出し、

「大工が入ったり、庭師が入ったり、いつまでもうるさいなあ、ほんまに」

と吐き出すようにいう。

そのうち奈美は、向かいの妻女が毎朝門の郵便受けの前に台を置き、その上に何かしら季節の花を、これ見よがしに活《い》けているのに気がついた。祖母が丹精していた裏庭の花畠の花を時々切って届けると、仏頂面の妻女が急に無邪気な笑顔で受け取るようになって、「お早う」とか「いい天気ですね」などの挨拶を交すようになった。向いの妻女の花台が何日も出ていないなと気付いた頃、差出人の住所も名もない封書が届いた。封書を開けるなり、はっとするほど色鮮やかなとりどりの紅葉《もみじ》が舞い落ちた。中の便箋一枚に、

「挨拶もしないで出てきてすみません。いつも御隠居さまの丹精のきれいなお花をありがとうございました。とても嬉しかったです。実は夫からひどいDVをずっと受けていました。真夜中にはだしで逃げ出し、お宅の門の軒の下にうずくまって夜を明かしたことも何度もあります。今度は警察の見廻りに見つけてもらい、主人と話し合いの結果、無事離縁ができました。道で拾い集めた紅葉です。いつか、どこかで、お目にかかれる日があるかしら、ごきげんよう、さよなら」

足許に散らばった紅葉を拾い集める奈美の目に、ゆっくり涙が滲《にじ》んできた。

紅葉燃ゆ

私がみちのくの平泉中尊寺で出家させていただいたのは、昭和四十八年（一九七三）十一月十四日であった。得度《とくど》式の戒師《かいし》は私の仏法の師となっていただいた今東光《こんとうこう》師と決っていたが、今師はその後、突如としてガンを患われて、手術の日が十一月の初旬ということになった。そこで急遽、得度式の戒師は、今師の御親友の杉谷義周大僧正《すぎたにぎしゆうだいそうじよう》に代っていただくことになった。今師は、

「あなたは小説家だから、式のリハーサルは一切しないで式に臨みなさい。杉谷大僧正にもそうお願いしておいた。御挨拶も御遠慮して、いきなり式場でお目にかかりなさい」

と前もって御注意いただいた。

式の前夜、はじめての中尊寺へたどりつき、私より早く駈《か》けつけてくれていた身内の二、三人と、ごく親しいお友だちや、編集者たち数人とで、在世で最後の会食をした。その時、どこから聞きつけたのか、マスコミの人たちがどやどやと侵入してきて、私を探しはじめたのにはびっくりした。食事の途中、灯を消して一行を行きすぎさせ、どうにか発見されずに終った。

その夜は徹夜つづきの疲れで夢も見ず熟睡した。

明ければ雲一つない晴天であった。

十一月十四日、十時からの式である。私はあまり興奮も緊張もしていない自分を確めて安心した。廊下の外へ出て、中尊寺の庭に目を移した。昨夜はもう暗闇になっていて、私にははじめて目にする中尊寺の境内であった。

いきなり、真赤な紅葉《もみじ》の色が目に映ってきた。

今年の秋はゆっくり紅葉を眺めるゆとりもなく秘密のうちに進める出家の準備で無我夢中であった。

紅葉の庭にて

私はまるで生れてはじめて紅葉の朱《あか》さにきづいたようにしばらく見とれていた。

そのうち、自然に胸の中に、

紅葉燃ゆ
旅立つ朝の
空や寂

という句が浮んできた。

その句を私の出家を最後まで止めようとしてくれた新聞記者のひとりに送ったので、ある朝、いっせいに新聞に載った。

私はそれまで俳句など作ったこともなかったので、はじめての句といってよかった。自分では俳句のつもりではなく、とっさのつぶやきだと思っていた。

それを見た高名な作家が、すぐその感想を書かれた。

「『空《そら》や寂《じやく》』と詠《よ》んだのが惜しい。空が寂では当り前すぎる」という意味のことが書かれていた。私のつぶやきは「空《くう》や寂《じやく》」で、すでに私の心は仏の静安の世界に近づいていたのだった。

尼になっての棲家《すみか》寂庵にも、私は紅葉をいっぱい植えている。それらは四十年近い歳月の間に、どれもみな大木になり、秋になれば華やかなトンネルになって客を導いてくれている。

四十年の私の旅路は空《くう》や寂とは言いきれないものの、み仏のお導きによって、無事に過させていただいている。

吾亦紅

寂庵の日本間の八畳には、花屏風《びょうぶ》が置いてある。屏風の形に枠《わく》が組まれ、下方に十本ずつ細い竹の花筒が並んでいる。上半分は空間で、下方の花筒がそこを飾るしかけになっている。

最初の花屏風は、寂庵が建った時、京都の通人が贈ってくれたもので、象彦《ぞうひこ》の品であった。筒の中はしんちゅうが貼られていて、竹が腐らないようになっている。

お茶会のときの風炉《ふろ》先《さき》にしてもふさわしいけれど、私は毎日、それを客の多い座敷に飾っていた。床の間を背にして坐《すわ》った客の目が、自然にそこに誘われるように、廊下と座敷の境の隅に据えておく。

花は一本ずつの筒にちがう種類の花を活けても華やかだったが、私は何か一色だけの同じ花を、十本の筒にさした方が好ましかった。

桔梗《ききよう》や撫子《なでしこ》が十本並んだ姿は可憐《かれん》だった。

またすすきだけを活けてみると、思いがけなく秋の野が、座敷にしのびこんで来たようで心が躍った。水仙やフリージヤもよく似合った。

自分がすっかり気にいったので、人への贈り物にも花屏風を度々使うようになった。

歳月と共に値段が上って次第に貴重品になっていった。

「これを花屏風に活けて下さい」

と花をかかえて来てくれる美しい人がいた。寂庵で催している何の会にも属さず、いつもひとりでひっそりと訪れ、花を置いていくだけであった。和服が身についた、きりっとした智性の匂う人で、たまに逢っても、文学の話や宗教の話をするでもなく、ただ寂庵が好きで、木の門をくぐり、庵の中へ入っただけで心が安らぐのだとつぶやくように言ったことがある。

しばらく見えないなと思った頃、珍しく本人は現れず、花だけが届けられた。野草専門の花屋からで、花は吾亦紅《われもこう》一色だった。

はじめて見るきれいな墨字の巻紙の手紙が添えられていた。

「突然このようなお手紙をさしあげる失礼をお許し下さいませ。実は先月、頭に出来た癌の手術を致しましたが、結果がはかばかしくなく、故郷の田舎《いなか》に帰ることになりました。切った場所が悪く、二度と手術は出来ないそうです。たぶんもうお目にかかる折は恵まれないと思います。

せめてお別れに伺いたいと存じましたが、お逢いすれば、いろいろとこの世に未練が出てくるだろうと思い勝手させていただきます。

もうお目にかかることもないと思うと、ぜひお伝えしたいことがありました。

実は寂庵の花屏風を私に教えてくれたのは、私が愛していた男でした。妻子のある人だったので、一緒には棲《す》めませんでした。野草の専門店を営ん

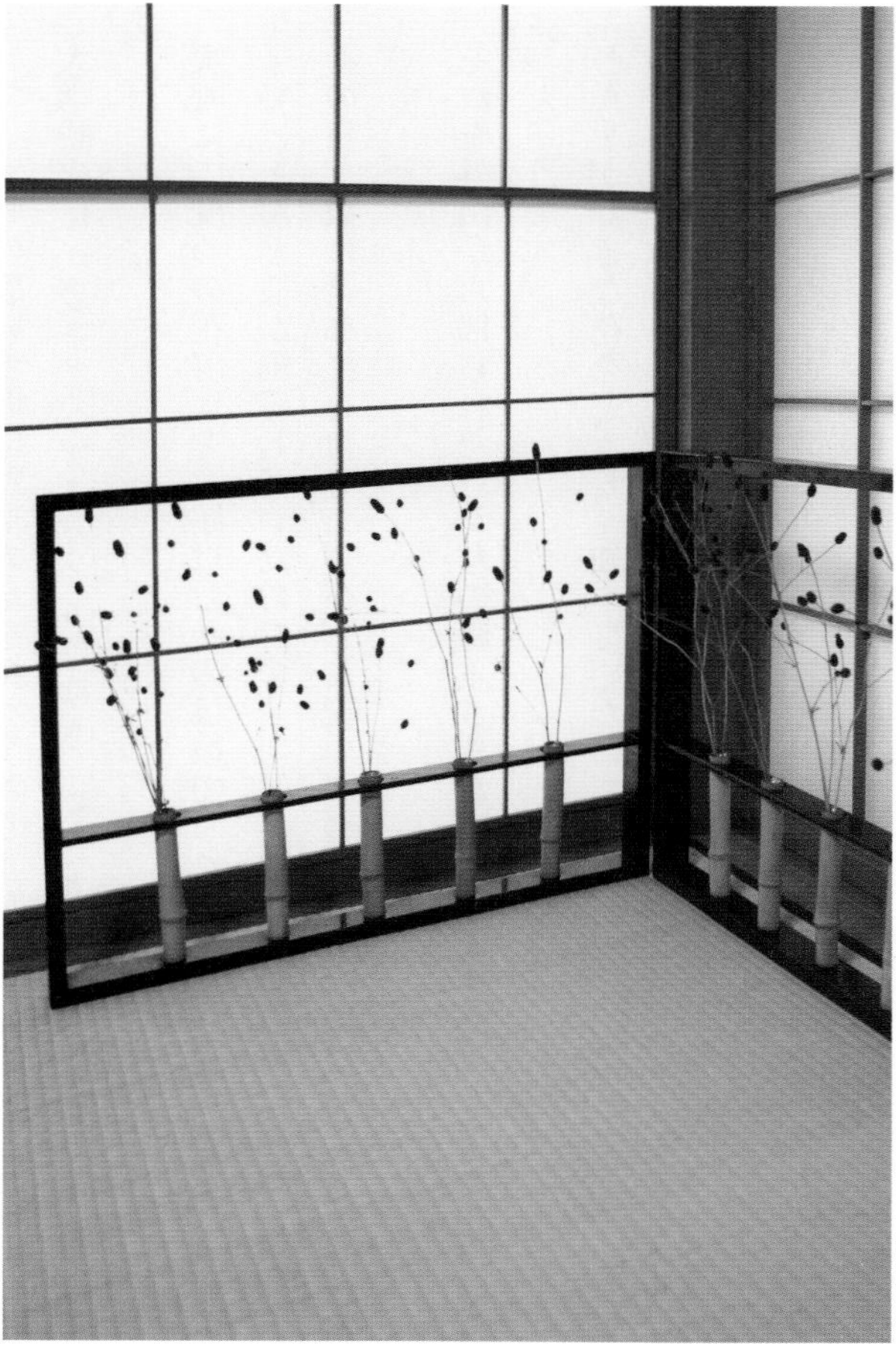

寂庵の花屏風と吾亦紅

でいて、大原の広い土地に野草の畠《はたけ》を持っておりました。

大学時代に一夏そこへアルバイトにゆき、私たちは結ばれてしまったのです。

寂庵に二度めの花屏風をお届けしたのは彼でした。当時、花屏風の作り手の弟子でほとんど彼が細工していたのです。

その日、彼は吾亦紅《われもこう》を自分で選び、お祝いのつもりで、屏風にさしてきたそうです。

それを外出から帰られたばかりの庵主さまがごらんになり、とてもお喜び下さったそうです。

『わたしが好きな花をどうして知っていたの』

というお言葉をなんども聞かされました。

彼は唯一つの道楽だったオートバイの事故で即死してしまいました。もう七回忌が過ぎました。近く彼に再会できると思うと死ぬのは怖くありません。今日の吾亦紅は、ふたりからのささやかなお礼のつもりです。みすこやかにお過し下さいませ」

私は誰にも手伝わせず、ひとりでその花を屏風にさしていった。

まんさく（金縷梅）

——まんさくや隕石襲う星に棲み——

今年はとても寒い冬で、立春の声を聞いても一向に暖かくならなかった。そのせいで寂庵の花はすべて開花が遅れてしまった。

二月の初めに、山形と東京の友から啓翁桜《けいおうざくら》をどさっと送ってもらった。固い蕾がいつの間にか開くと、人間は寒さに震えているのに、そこだけピンクの春が訪れたようで、心が華やかになった。寂庵には蜂須賀桜《はちすかざくら》もあり、これは徳島ではどの桜より早く咲くと植えてくれたが、啓翁桜はそれよりもっと早く開い

た。それにしても寂庵の今年の花の遅いこと。私は旅が多いので、たいてい旅先に庵から電話があり、

「今朝、白梅が一輪咲きましたよ」

など弾んだ声でスタッフが伝えてくれるのを聞くことになる。

今年は珍しく、冬の間ずっと庵にいることが多かったので、毎朝、起きたらまず縁側から庭を点検して、花の咲くのを待ちくたびれた。梅より早く咲き、春のさきがけを告げてくれる「まんさく」が、私の期待の花である。

このまんさくは、女性編集者のMさんが現役時代に贈ってくれた。寂庵が建った時、草ひとつない広い庭を見定めてから、彼女の勤めていた出版社からのお祝いだと、桜や椿や木犀《もくせい》の木をMさんが持参してくれた。その使者の役目を果した時、

「これは会社からじゃなくてわたくしからのお祝いです」

と言って、差しだされたのが「まんさく」だった。Mさんの背丈ほどしかなく、細い、素気ない表情の裸木だった。私はそれまで「まんさく」の木や花を

まんさくの黄色い花が咲く早春の寂庵

見たことがなかったので、春のお告げの花で梅より早く咲く、という彼女の説明をうれしく聞いていた。Mさんは地味でひかえめな人だが、芯が強く、編集者として頼りになる人だった。独身で、休みになると山登りをするのが何よりの愉《たの》しみと言っていた。地味な色のさり気ないセーターやスーツを着ているのが、とても上質で、フランスやイタリアのブランドだったりする。個性を守り、流行に捕われない性質《たち》で、じっくり読んだうえの作品の批評は至って辛辣《しんらつ》で、大家や流行作家にも情け容赦がなかった。私とふたりだけの時は、よく子どものように声をあげて笑うこともあった。いつの間にか職業の立場をぬきにした、年の差のある気のおけない女友だちになっていた。体の弱いお母さんとふたり暮らしの様子だった。

春になって、そのか細い木は枝をのばし、蕾をいっぱいつけた。私は電話でMさんにそのことを報告した。

「よかった！　蕾はうす茶色で、貧相でしょ。でも花が開いたら、それはきれいな、瀬戸内さんのお好きなきれいな黄色の花になりますよ」

Mさんの声は私に負けないくらい弾んだ明るいものだった。年々にまんさくの木の丈はのび、脇枝が生まれ、いつの間にか見あげる背丈に育っていた。

今年の花は遅かったが、蕾の数は例年になくびっしりついたように思われた。しかし寒さが厳しいせいか、いつまでたっても貧相なうす汚い茶色の蕾が、枝にしがみついているばかりなのだ。

そんなある日、地球に隕石の凶々《まがまが》しい襲撃があった。これまでにない巨大な隕石は、新兵器のようにさえ見えて不気味だった。東北の大災害、福島の原発事故から丸二年の近づく日、まだこんな恐ろしい天災がのこされていたとは！　怖れるより呆れて茫然としていると、花好きのスタッフが庭で呼んでいる。

「咲きましたよ！　まんさくが！　ああ、きれい！」

純な透き通った黄色の細い花びらが、もつれもせず花芯からのびている。びっしり花をつけたその木ばかりが電飾されたように明るかった。天災や人災の絶え間なくなったこの不吉な地球に、今年も春は確実に訪れた。

梅の贈り主

寂庵には梅の木が五本もある。

門の横の山茶花《さざんか》の生垣の奥から身を乗りだすようにして客を迎えているのは紅梅で、これは嵯峨野に寂庵を結ぶ時、それまで棲《す》んでいた西大路御池《にしおおじおいけ》の家から移した木のひとつである。紅い花の色がほんのり薄くて清純な少女の頰のようにいじらしいので、私が愛していた木であった。奥庭の書斎の窓の外の二本は、写経に見える方から頂いた鉢植えの梅を土に移したのがしっかり根づいて立ち、六歳の幼児くらいの丈に育ったもので、これは一本は紅、他は白梅である。丈の高さがとまり易いのか、なぜか春のはじめを知らせに毎年訪れる二羽の鶯《うぐいす》は、まずこの木に寄って、まるで話をしているように鳴き交すのである。

広い縁側の外に咲くのは一番大きな白梅で、これは寂庵が建ったばかりでまだ庭の木が一本もない時に、隣りの御隠居さんが寄贈して下さったものである。隣りといっても、そこは住いではなく竹藪と雑木が林のように林立しているだけの森のような一郭《いっかく》であった。御隠居さんは週に三回ほど市中の自邸から通ってきて、雑草を切ったり、それを燃やしたりしているようであった。寂庵の建つ大工仕事を退屈しのぎに覗《のぞ》きに来ては、小一時間もゆっくり休んで帰っていく。商いは次代に任せて、見るからに気楽で優雅な御隠居暮らしの模様である。

寂庵の建前も終ると、早々と、御自分の雑木林のような庭から引き抜いてきた白梅の木をお祝いだと運んで下さった。庭師に指図して、場所も選び、木の向きまでこまかく指定して植えさせた。相当大きくなっていたが、絶対根づくと保証してくれた。

「うちの雑木林は、わたしが昔、ちょっとこのあたりの開拓に無償で力を貸したので、市からお礼にと只《ただ》でくれたものですよ。年々木々が繁るばかりだけれど、わたし以外の家族は、誰も、木や庭に興味もないので、間もなくわたしの寿命も尽きることだしと思って、手も入れませんのや」

という。縁側に坐《すわ》ってお茶を呑みながら私相手に、嵯峨野の歴史などを話すのが、新しい楽しみのように見受けられた。白い梅の木は御隠居さんが自分でつぎ木をしたもので、花が開くと、もとの木は純白の花をつけ、つぎ木でのびたもう一本の枝には青味のかかった美女の愁い顔のような花が開く。そしてこの梅の木には、毎年びっくりするほど梅の実がつくのだった。その実で梅酒を漬《つ》けるのが、寂庵の欠かせない年中行事になっている。

その隣りの紅梅は、贈り主に似て、妖艶な、色と匂いの花を開く。京女の美しいおやえさんが、天神さんの市で見つけたと、タクシーで運んでくれたものである。おやえさんの背丈の半分くらいだったのに、今では私が見上げるように育っている。おやえさんはこの梅の花ざかりを一度見ただけで浄土へ引越していった。この花が咲く度、私はおやえさんに背後から抱きしめられたような、なつかしさに全身を熱くするのであった。

福寿草

毎年、寂庵へは、年の暮に、さまざまな鉢植が贈られてくる。梅や七草などの他に、鮮やかな金色の花のつぼみをつけた福寿草が必ずある。年が明けると、福寿草は律儀に花を開き、足許《あしもと》を照らす明りのように華やかである。床の間にも似合うが、わざと玄関のふみ石の横に置くと、正月に来た客は鞜《くつ》をぬぐ度、

「ああ、きれいですね」

と、一息ついて、花を見つめる。

福寿草はもともと、元日草とも朔日草《ついたちそう》とも呼ばれて、正月に開く花とされて

庭に植えられた福寿草

いた。その正月とは旧正月のことで、新暦なら、二月の花であった。正月が新暦になった頃からか、ハウス栽培で、新正月に丁度花開くように鉢植が売出されてきた。

黄色が好きな私は、花でも黄色に目がないが、福寿草の黄色は、全く素朴なまっ黄色で、しかも花は可憐《かれん》でつつましく、丈も低く、土にしがみつくように咲いているのがいじらしくて好ましかった。

一部屋の貧しい下宿住いの時から、年の暮には、小さな福寿草の鉢を買っては、人も訪れない新年を、ひとりでひっそり迎えていたものだ。

ある年、贈られた鉢の福寿草を、花が終ってから、何気なく寂庵の庭に移し植えてみた。

その花鉢には贈り主の名がなかったので、お礼の出しようもなかった。

ある時、ふと気がつくと、移し植えたことも忘れていた福寿草が根を張って、驚くほどたくさんの花をびっしりつけていた。

そのことを新聞のエッセイに書いて忘れていた頃、一通の手紙が届いた。覚えのない男性の手紙だった。

「福寿草を土に戻して下さり、それが根づいて増えて見事に寂庵のお庭を彩ったと、新聞のエッセイで拝見して、驚き、嬉しく、お手紙を書かせていただきます。住所も名も書かず、花の鉢だけお送りした失礼をお許し下さい。私は七年前に妻と二人で寂庵へお詣《まい》りし、たまたまいらっしゃった庵主さまに身の上相談をした者です。妻とはまだ結婚前でした。私は未婚で、妻は二人の子を婚家に置いた離婚者でした。年は一まわり彼女が上でした。私の周辺の者も、彼女自身もその結婚には反対でしたが、私はどうしてもあきらめきれず、迷っていた頃、二人で寂庵へ詣ったのです。その時、庵主さまは、年齢の差など問題ではない。二人の愛情が確かなら、結婚しろと、励ましてくださいました。妻もその気になってくれ、その次の正月結婚しました。幸せな日が続きました。幸せにかまけてお礼も申しあげませんでした。妻は毎年正月になると福寿草の鉢植を買ってきました。永遠の愛を誓うめでたい花だといっていました。幸福な日々が六年つづいた後、妻は直腸ガンでわずか三月《みつき》患って死亡しました。さまざまな思いをこめてお送りした福寿草です。寂庵の正月に咲く度、どうか妻を思い出してやってください。」

私は丁寧にその手紙を畳み、仏前に捧げて阿弥陀経《あみだきょう》をあげた。

菜の花

　菜の花は、故郷の吉野《よしの》川の堤防下の洲の上いっぱいに咲いていたのが五歳の私の最初の記憶であった。びっしり咲き揃った菜の花は、まっ黄色が鮮やかで、目のつづく限りその黄色が広がりのびているので、広い川の波まで黄色に染まるのではないかと思われた。

　幼稚園に上る前から、わが家には父の弟子たちが常に十人ばかり泊りこみで指物師《さしものし》としての修業をしていたので、母はその世話や、ささやかな店の商いにも忙しく、私の面倒など見きれなかった。五つ年長の姉の幼時は、祖母がいて、幼稚園の送り迎えまでしていたが、その祖母に亡くなられると、幼く病身な私の世話は、母の手に余った。

父の姉の嫁いだ農家が、吉野川の向うの松茂村《まつしげそん》にあったので、私はその家によく預けられた。三つ年長の従姉《いとこ》の喜多《きた》ちゃんが遊んでくれていた。伯母はやさしく、幼い私を喜多ちゃんの妹のように扱い甘やかせてくれた。町の中の、せまい家一杯に父の弟子たちがあふれているわが家とちがって、伯母の家は、すべてが大まかで、開放的で、家中にいい匂いの風が吹き通っていた。牛も馬もいて、前庭は広く、子供の遊び場には最上だった。実のなる木がいっぱいあって、ぶどうも、梨も、みかんも、ざくろも食べ放題だった。農業の傍《かたわ》ら、そのあたりの家はすべて養蚕《ようさん》もしていたので、蚕《かいこ》に桑《くわ》の葉を与えることなど、子供にもさせてもらえた。

毎日遊ぶことに心がせかされていて、日の過ぎるのも忘れているうち、子供心にもいつの間にかホームシックがしのびこみ、突然、町中の家が恋しくなる。

そんな時、伯母の家の真正面の広い桑畠のそのまた向うに長々と横たわっている堤防が私を招く。私は喜多ちゃんにも告げず、こっそりひとりで堤防へ駈《か》けてゆき、その上に登る。そこからははるかかなたに眉山《びざん》が望まれ、その下に広がっている賑やかな徳島の町は見えないものの、毎日近々と仰いでいた眉山の姿がひどくなつかしく、そのすぐ麓《ふもと》にある自分の家が恋しく、胸がいっぱいになって、悲しいわけでもないのに涙がこみあげてくる。まるで私ひとりだけ、家族から捨てられているような悲哀が私を包みこんでくる。そんな私の耳に、ふいに、りん、りん、りんという澄んだ鈴の音がひびいてきた。目の下の川の洲畠いっぱいに広がったまっ黄色の菜の花の中から、その音は湧き起こってくるのであった。やがて、菜の花の上に、おへんろのすげ笠が、一つ、二つ、三つと魔法のようにあらわれ、白装束のへんろ姿の女たちの一むれがやってくる。この人たちは、これから長い橋を渡り、徳島の町の寺々を詣《もうで》るのだと思うと、私は胸が躍ってきて、菜の花の中から湧き出てきたへんろの後をいつまでも追いつづけたのだった。

迷子として、おへんろが交番につれていってくれ、たまたま伯母の家に出入りの魚屋が、交番で泣き叫んでいる私を伯母の家につれて帰ってくれた。

後年、郷愁ということばを覚えた時、私はおよそその言葉にふさわしくない、光り輝く菜の花の鮮やかな黄色が、目の中いっぱいに広がるのであった。

寂庵の石仏には季節の花々が供えられている

II 源氏物語の花々

夕顔――夕顔

源氏物語の中の女で、誰が一番好きかと問えば、世の中の男たちは申し合わせたように、言下に「夕顔《ゆうがお》」と答えます。夕顔は男にとって永遠の憧れの女の中の女なのです。

光源氏が十七歳の時、偶然めぐりあった女でした。その出逢いのきっかけになったのが、夕顔の花だったのです。そのためこの女は読者から「夕顔」と呼ばれるようになりました。

帝《みかど》の皇子《みこ》で超ハンサムで、文武両道の才能にも長けた光源氏は、女蕩《おんなた》らしという才能もまた抜群でした。十二歳で結婚した正妻葵《あおい》の上《うえ》の他に、先の皇太子の未亡人六条《ろくじょう》の御息所《みやすどころ》とも深い仲になり、家来の伊予《いよ》の介《すけ》の若い後妻空蟬《うつせみ》にも手をつけ、成行とはいえ、その継娘《ままむすめ》まで交わってしまいます。更に父帝の後妻、自分には継母《ままはは》に当たる藤壺《ふじつぼ》の宮《みや》とも道ならぬ恋に落ちていました。

その日、六条の御息所を訪ねるつもりだった源氏の君は、途中の五条《ごじょう》に住む重病の乳母《めのと》を見舞う気になり、その家に立ち寄りました。乳母の息子の惟光《これみつ》は、乳《ち》兄弟なので早くから源氏の君に仕え、色ごとのいざこざもすべて承知しています。

乳母の家に着くと、門が閉まっていたので、惟光が鍵を持ってきて出迎えるまでの間、源氏の君は車の中からあたりのたてこんだ下町の家並みを、珍しそうに眺《なが》めていました。すぐ隣りにつつましい家があり、白い簾《すだれ》の奥に女たちの影が見えます。切懸《きりかけ》のような板塀に鮮やかな緑の葉の蔓草《つるくさ》がまつわりつき、白い可憐な花がところどころにつつましく笑いかけるように咲いています。花の名をきくと、供の者が「夕顔です」と答えました。

源氏の君に命じられ、供の者がその家の庭に入り夕顔の蔓を折り取りまし

た。可愛らしい少女があらわれ、扇をさしだし、これに載せてさしあげるようにと言います。扇には、

心あてにそれかとぞ見る白露の
　ひかりそへたる夕顔の花

と歌が書いてあります。もしかしたら源氏の君さまでは？　という歌は積極的ではしたない感じがします。私は今でもこの歌は夕顔の書いたものとは認めていません。でもその歌が縁になって、ふたりはやがて愛を交すようになり、源氏の君は、異様なほど、素性も知れない夕顔の魅力に惑溺《わくでき》していきます。女は源氏の君より二歳年上ですが、初々しく素直で、聡明ぶらず、心も体もひたすらやわらかく、やさしいのです。それでいて性愛の場では男のどんな熱情にも応える用意がありました。夕顔の突然の死によって、この恋は断ち切られてしまいます。恋は悲恋が最高です。

夕方咲いて朝にはしぼむ、はかなく美しい和名夕顔は、ウリ科で、その実は干瓢《かんぴょう》になります。

手習——桔梗

日本の春は、いっせいに花々が咲き揃い華やかですが、秋もまたさまざまなつつましい可憐な花が咲き、その中から秋の七草が選ばれていました。萩《はぎ》・尾花《おばな》・葛《くず》・撫子《なでしこ》・女郎花《おみなえし》・藤袴《ふじばかま》・朝貌《あさがお》の七種類です。朝貌は今の桔梗《ききょう》のことだったともいわれています。紫式部が千年前住んでいたといわれる廬山寺《ろざんじ》（京都市上京区寺町通広小路上ル）の庭は、現在白砂と苔《こけ》だけで簡素に設計され、島のように見える苔の上には秋になると、紫色の桔梗の花だけが開き、すっきりしたデザインが印象的です。

物語も終わりに近い「手習《てならい》」の帖では、宇治《うじ》の八《はち》の宮《みや》の三姉妹の末姫として生れながら、父の八の宮に認知されず、母に伴われて母が結婚した常陸《ひたち》の守《かみ》の任地で育った浮舟《うきふね》の話になります。美しく生まれついたが故に、かえって様々な苦労を身に受け、住む家さえ失い流浪《るろう》します。腹ちがいの姉の中の君が帝《みかど》の皇子匂宮《におうのみや》に愛され、京の二条《にじょう》の院に据えられていたところへ頼って行ったもののの、匂宮に見つかり、危うく犯されそうになり、逃げ出します。母が三条《さんじょう》のかくれ家にかくまい前途のあてもなく暮らしていました。

そこへ薫《かおる》の君があらわれて救い出し、宇治の八の宮の山荘に囲ってしまいます。薫は光源氏の子とされているものの、実は源氏の正妻女三《おんなさん》の宮《みや》と、柏木《かしわぎ》との不義の子でした。柏木は早逝し、女三の宮は尼になり、秘密は源氏の胸一つに収められて、薫は源氏の子として育っていました。薫が熱烈に憧れ、ついに恋は成就《じょうじゅ》しないまま病死した三姉妹の長女の大君《おおいきみ》に、浮舟はいきうつしだったのです。薫は大君の形代《かたしろ》として浮舟を愛したものの、なかなか宇治へ訪れることが出来ません。それと気づいた匂宮が、ある夜、薫に化けて宇治へ行き、女房たちもまんまとだまし、浮舟をわがものとしてしまったのです。浮舟は思いがけない身の上になすすべもありません。真面目で誠実一点張りの薫より、女《おんな》蕩《た》らしの匂宮の、情熱的な愛戯に自分の肉体が惹かれていることに気づきます。純情でやさしい浮舟は、精神と肉体の乖離相剋《かいりそうこく》などわかりません。ひたすら淫《みだ》らな自分を責めて、ある夜、宇治川に投身してしまうのです。

死にそこねた浮舟は向う岸の邸《やしき》の庭にずぶ濡れになって死んだように倒れていました。たまたまそこへ来合せていた横川《よかわ》の僧都《そうず》とその老母、妹の一行に発見され、助けられます。記憶喪失症になった浮舟は、尼君たちに伴われて小野《おの》の庵につれていかれました。そこは垣根に植えた撫子も可憐で、女郎花や桔梗なども咲きはじめているとさりげなく描写されています。「手習」の帖は浮舟の苦悩の極限が書かれていますが、この小さな秋の花々の出現で、読者はほっと息をつくのでした。

夕霧──葛

源氏物語の中でも「夕霧《ゆうぎり》」の帖は、まるで現代のサラリーマンの家庭の、突然の夫の浮気が引き起こす家庭騒動を読むようで、リアルな臨場感に満ちて面白いのです。堅物で名の通った夕霧が、中年になって親友の柏木《かしわぎ》の未亡人女二《に》の宮《みや》に突然恋をして、家庭まで壊れてしまうという筋書きです。今時の世間にもよくある話だけに、千年も昔の衣装を身につけた王朝の貴族の社会で、同じことが行なわれているおかしさに笑ってしまいます。

夕霧は好色で名の通った光源氏と、正妻葵《あおい》の上《うえ》との間に生れた子供ですが、生後すぐ母に死なれ、祖父母に溺愛《できあい》されてその家に育ちます。源氏はこの息子に異常なほど厳しい教育をして、色事は特に厳格に禁止します。自分のことは棚にあげて、その厳格さは徹底しています。幼い頃、祖父母の家で兄妹のように育てられた雲居《くもい》の雁《かり》の君と結ばれ、次々子供にも恵まれます。堅物の夫に安心しきった妻は、昔の可憐さはどこへやら、化粧も身だしなみも不精《ぶしょう》になって小耳に髪をはさんで子供にかまけきっています。今の社会でも多く見受ける倦怠期も過ぎた夫婦の構図です。

女二の宮は、夕霧の求愛に一向に応えず、今のストーカーのようにしつこくつきまとう夕霧を怖れます。

夕霧が小野の里の別荘にいた女二の宮の部屋に強引に泊りこみ、女二の宮は着物がほころびるほど抵抗して、結局夕霧は目的を果たせませんでした。ところが翌日、朝帰りの姿を人に見とがめられ、決定的な噂が広がります。それを苦に病んで女二の宮の母の御息所《みやすどころ》が病死してしまうのです。それでもこりずに夕霧が、小野の山荘へ訪ねて行く場面を、源氏物語は次のように描いていま す。

九月十日過ぎのこと、野山の景色は、ものの情趣の深くわからない者さえ感動させるほどの風情があります。

山風に耐え切れず木々の梢《こずえ》の葉も、峰の葛《くず》の葉も、心せかれるように散っていく葉音の間から、尊い読経《どきょう》の声がかすかに聞こえ、念仏の声ばかりして、人の気配はほとんどありません。（略）草むらの虫だけが、心細そうに鳴き細って、枯れ草の下から竜胆《りんどう》だけが、わがもの顔にすっとのび、霧にしっとりと濡れているなど、すべては毎年見馴れた晩秋の景色ですけれど、時も場所もいかにもふさわしく、いっそう耐えがたいほどの哀愁を感じさせます。（寂聴訳）

葛は私が出家した頃（三十七年前）、嵯峨野のどこを歩いても、径《みち》の方々で、上の方から大きな葉とつつましい赤い花に見下ろされたものでした。花は細い穂形の枝の先に小さい花が集まりしがみついています。葉は裏が白く、風に大きな葉がひるがえると目立つのでウラミグサ（裏見草）と呼ばれていたようです。夕霧の心境なら「怨み草」と見えたことでしょう。

今は家が建てこみ、めったに見かけなくなりました。竜胆は、濃い紫の花が美しいせいか、今でも花屋のスターとして人々に愛されています。

乙女——紅葉

光源氏は三十四歳の秋頃から、広大な邸宅の造営にかかりました。それまでの住まいは二条の院でした。

今度の邸《やしき》は六条《ろくじょう》の秋好《あきこの》む中宮《ちゅうぐう》の里邸のあたりの四町《よまち》を一つにした広大なものでした。中宮の里邸とは、もとは母六条の御息所《みやすどころ》のお邸を、中宮がゆずり受けたものでした。その広さは、現在の東京ドームの約五倍ほどだったそうです。

そこを四つにしきって、それぞれ独立した邸を建て、源氏は自分の愛する女《おんな》君《ぎみ》たちをそこに集め住まわせたのです。壮大なハーレムの構想です。

東南は春の御殿として紫の上と自分が住みました。隣の西南は秋好む中宮のお里邸として秋の御殿としました。東北には花散里《はなちるさと》の君の夏の御殿を造りました。西北には明石《あかし》の君の冬の御殿が造営されました。

一年後の秋の彼岸頃から、完成した六条の院に、女君たちが移りました。源氏は気のおもむくままに女君たちの邸を訪ねては愉しんでいました。花散里の君の夏の邸には、後に夕顔の忘れがたみの玉鬘《たまかずら》が引き取られることになり、源氏の心を若返らせます。

秋好む中宮だけは、源氏が親代わりになって世話をして、中宮にして後見《うしろみ》しているので、肉体関係はありません。紫の上は安心して、その中宮とだけは歌や物のやりとりをして親密につきあっていました。

紫の上の春の御殿は、高くきずいた築山に春、花を咲かせる木を無数に植え、前栽《せんざい》にも様々な春の花を植えこみました。

秋好む中宮のお邸は、築山に色のすばらしい紅葉《もみじ》をたくさん植え、泉水を遠くまで流し、見渡すかぎり秋の野を想わせる風情に造ってあります。

秋風がさわやかなある夕暮、中宮のお邸から、紫の上の春の御殿へ、可愛らしい女童《めのわらわ》がお使いとなってまいりました。女童は、硯箱《すずりばこ》の蓋《ふた》に色々の秋の草花やまっ赤な紅葉をとりまぜ入れたものをさし出しました。中宮のお歌がそえてあります。

心から春まつ園はわが宿の
　紅葉を風のつてにだに見よ

（春のお好きなそちらのお庭は、まだ花も咲いていないでしょう。せめてこちらの秋の庭の美しい紅葉をごらん下さい）

という意味です。紫の上も負けてはいないで、硯箱の蓋に苔を敷き、細工物の岩や五葉《ごよう》の松をつけて、

風に散る紅葉はかろし春の色を
　岩根《いはね》の松にかけてこそ見め

（秋風に散る紅葉なんて心が軽い。春の美しさを岩根の松の常磐《ときわ》の緑にごらん下さい）

と、すぐお返事しました。源氏はこの勝負は、どうやら中宮の勝ちですね、と判定しました。のどかな六条の院の、秋の紅葉の鮮さが目に浮かぶような場面です。

松風――松

　松竹梅は、日本では古来おめでたい木として愛されています。ことに松は日本の至る所の土地に根づき、家を建てると、まず庭や門ぎわに松を植えたくなるものです。常磐木《ときわぎ》で、まつかさはかわいらしく、利用価値も多い木です。ことに海辺の松原などは、日本の風景として特筆すべき風趣があります。

　源氏物語の中で、松が印象的に使われているのは、まず帖の題に「松風《まつかぜ》」とあげた十八帖でしょう。

　ここでは、光源氏が、情にまかせて、さんざん女君と恋に酔いしれたあと、異腹の兄の皇太子の許婚者《いいなずけ》と知らず、春の夜、ふとめぐりあった朧月夜《おぼろづきよ》の君《きみ》と、通じてしまい、それが露見して、都を追われます。位階もとりあげられ、人里離れた須磨《すま》に落ちのびます。流刑にあう前に自分から落ちていくのですが、流離《さすらい》の孤独な生活の悲哀は、源氏の君にとっては、人生ではじめての辛い蹉跌《さてつ》でした。

須磨に突然大暴風雨が襲い、邸も焼け、命も危うかった時、明石《あかし》の入道《にゅうどう》の舟が近づき、源氏の君を明石へ救い出します。

そこで入道の一人娘と深い仲になり、女の子を恵まれます。

入道はもとは都で大臣の父の子として生れ、源氏の君の生母の桐壺《きりつぼ》の更衣《こうい》とはいとこの間柄でしたが、気性が偏屈なので人づきあいが出来ず、自分から受《ず》領《りょう》になって転々とした末、明石の国司を最後に、明石に落ち着いていたのです。それでも一人娘には、つまらない男と結婚するな、自分の死後、どうしてもそうなるような目にあえば、海に入って死んでしまえ、など過激な教育をしていました。

明石の君は、自然気位の高い女に育っていました。教養も美貌も都の姫君に劣りませんが、自分では内心ひそかに田舎育ちを卑下していました。

突然、都から赦免状が届き、三年ぶりに源氏の君は晴れて都に還ることになりました。必ず都に母子を呼び寄せると誓って源氏の君は去ってゆきました。

都では華々しく復権し、貞節に待っていた紫の上との愛に酔いしれ、他の多くの女君たちとの旧交の回復にも忙しく、たちまち三年の月日が流れました。

その間、明石の君は何度源氏にうながされても、都であなどられるのを嫌って明石から動きません。

入道がたまりかね、嵯峨《さが》の大堰《おおい》川の畔《ほとり》にあった旧《ふる》い自分の山荘を、ひそかに改装し、そこへ母子と妻の尼君を送りこみました。その邸は川に面して、明石の海辺を思い出させます。何ともいえない趣のある松の木が庭にも川辺にもあります。風のある時は涼しげな松風の音《ね》がひびき、なつかしい明石をことさら思い出すのでした。

源氏の君は、紫の上に気がねして月に二度しか訪れません。明石の君は、予想した通りの淋しさと失望に、ひとり涙をこらえていました。愁《うれ》いをまぎらわせるため、ひとり琴《きん》をかきならすと、庭の松風が琴に合奏するかのように高々と鳴りひびくのでした。

梅枝——梅

日本の花の代表といえば、現在では桜と決まっていますが、昔、奈良時代や平安時代では、梅が花の代表でした。梅は中国が原産で、早くから日本に伝わったものです。万葉集にも梅を詠《よ》んだ歌が多く見られます。

菅原道真《すがわらのみちざね》が、大宰府《だざいふ》に流される時、軒端《のきば》の梅に、春になれば、自分を忘れず、匂いを送れと詠みかけた話は哀切です。

五弁の花が可憐で、色も白梅から黒梅といわれるまで数多く、一重も八重もあり、実は梅干や梅酒に利用され愛されています。

また春にさきがけ、鶯《うぐいす》を呼ぶことも珍重される所以《ゆえん》でしょう。

源氏物語では「梅枝《うめがえ》」とそのまま題にした帖があります。源氏が広大な六条の院の暮らしにも馴《な》れた頃のこと。源氏三十九歳の新春の頃です。

三歳の時、生母から引き離され、紫の上に育てられた明石《あかし》の姫君もはや十一歳になり、目前の裳《も》着《ぎ》の儀式が用意されています。

東宮《とうぐう》もこの二月には元服され、その後、明石の姫君が東宮妃として入内《じゅだい》することに決まっていました。

源氏はその支度に善美《ぜんび》を尽そうと熱中しています。公事《くじ》も少ない正月の末、姫君の入内の荷の中に薫物《たきもの》を入れようと思いたちました。

六条の院の女君たちの他に、親しい朝顔の前斎院《ぜんさいいん》にも参加してもらい、それぞれの秘術を尽した名香《みょうごう》を調合してもらうよう依頼しました。

二月十日、六条の院の軒近くの紅梅が、色も香も、他に比べようもないほどに咲き匂っていました。そこへ、蛍兵部卿《ほたるひょうぶきょう》の宮が、裳着の支度の忙しさのお見舞いに訪れていらっしゃいました。源氏の君とは異腹ながら、格別気の合う仲よしでした。二人でのどかに話しているところへ、朝顔の前斎院からお手紙が届きました。花のほとんど散った梅の枝に紅梅色の紙の手紙がそえられています。

二人の仲がとかく世間の噂になっていたので、宮は好奇心をそそられて、のぞきたがりますが、源氏の君はさっさと手紙を片づけて何くわぬ顔をします。

「実は娘のために、香をおねだりしたところ、早々と調合してお届け下さったのですよ」

と、こちらはその場で披露なさいます。

沈《じん》の箱に紺瑠璃《こんるり》と白瑠璃の香壺《こうご》が二つ入っています。

「なかなかしゃれたことをなさいますね」

と宮は感心なさりながら、そえてある歌に目をとめ、大仰に声をあげて吟詠《ぎんえい》されるのでした。

「花の香は散りにし枝にとまらねどうつらむ袖に浅くしまめや」

時すぎた私には不必要な薫物でも、若い姫君のお袖に移ればさぞ深く匂うことでしょう。

という歌の心でしょうか。すぐお返事を書かれる源氏の君の手許を見つめて、

「どんな秘密があって、そんなにかくされるのでしょう」

など、恨めしそうに、宮のおっしゃるのも、のどかなことでした。

早蕨——蕨

五十一歳の十一月出家得度《とくど》した私は、翌年の四月末から六月末まで、比叡山横川《よかわ》の行院《ぎょういん》へ入り、厳しい行を受けました。その時、ぎっしりつまった授業の中に、作務《さむ》の時間があって、これは薪《まき》を割ったり、掃除をしたり体を動かせるので、ほっとします。その中で時々山中に入ってわらびを採ってくる行があり、何より嬉しかったものです。町なかより二か月季節の遅れた山上では四月末はまさに早春に当たります。春の雑草の中に、握りこぶし状に巻いた新葉《しんば》がひっそりかくれているのを見つけると、文字通り「早蕨《さわらび》」の初々《ういうい》しさでした。

その夜の夕食には、わらびの山菜料理になって、行院生たちを大喜びさせました。

子供の頃、春風が吹きはじめると、吉野川の土手につくし摘みにつれていってもらうのが楽しみでした。川ぞいの土手下には菜の花が金色に輝きひろがり、その中から巡礼の鈴の音《ね》がりんりんと聞こえてきます。土手の傾斜の春草の中にはつくしがいっぱいかくれていました。夢中になって摘み始めたつくしは、家で母が料理して夕食の卓にお菜の一つとして出しました。ごま和《あ》えも味噌和えも子供の口にはなじまず、専《もっぱ》ら父の酒の肴《さかな》になったものです。

源氏物語四十八帖には「早蕨」という題でしみじみした話がのせられています。宇治十帖に入っているので、光源氏死後の物語です。源氏の異母弟なのに、源氏の流謫《るたく》中、右大臣一派にかつがれて東宮《とうぐう》になろうとしたということで、復権した源氏の不興を買い、京を捨て宇治に隠棲《いんせい》したのが八の宮でした。不幸はまだつづき、北《きた》の方《かた》も亡くなり京の邸も焼失し、八の宮は愈々《いよいよ》世をはかなみ、二人の姫君を遺したまま、山の寺に籠《こも》り、そこで他界してしまいました。

肉親を亡くした大君《おおいきみ》は、八の宮に私淑して宇治に通っていた薫中将《かおるのちゅうじょう》に見初められ、求愛されますが、その愛に応じないまま病死してしまいます。ひとりぼっちになった中の君は、淋しさの余り新春が訪れても心が憂いに沈みこんでいるばかりでした。

そこへ、八の宮が頼りにしていた山の阿闍梨《あじゃり》から、山の童子《どうじ》が摘んできたという蕨や土筆《つくし》を籠に盛ったものを届けてきました。これは八の宮の生前からの慣わしでした。

君にとてあまたの春を摘みしかば
　常をわすれぬ初蕨《はつわらび》なり

という歌がそえてあります。上手とはいえない歌にこもった阿闍梨のせい一杯の温情に、中の君は涙に誘われます。みんな亡くなってしまった。この早蕨を誰に見せればよいのだろうと、またしても涙がこみあげてくるのでした。

花宴――桜

日本人は花といえばまず桜を思い浮かべるほど、いわゆるさくら色の淡紅色《たんこうしょく》の可憐《かれん》で美しい桜の花を愛しています。五枚の花びらの寄りそった小さな花なのに、太い幹から四方にひろがった枝いっぱいに、群がり咲いた桜は、遠目にも華やかで、桜色のまん幕を大空にひろげたように見えます。

春の象徴として桜を愛した日本人は、古来桜を和歌や俳句にも好んで歌っています。

宮中でも紫宸殿《ししんでん》の前の庭に、右近《うこん》の橘《たちばな》と対《つい》に、左近《さこん》の桜が植えられていて、春にはその桜の宴を催す習慣になっていました。

紫式部は源氏物語の「花宴《はなのえん》」の帖に、この桜の宴の華やかさを存分に描いています。

光源氏はこの時、二十歳の春でした。

こうした催しでは、いつでも舞や作詩の披講《ひこう》で、際だって面目をほどこす源氏は、この花宴でも例にたがわず、人々の賞賛の的になりました。それを見ていた藤壺の中宮《ちゅうぐう》は、こみあげてくる源氏の君への愛情をせつない想いで抑えているのでした。

ふたりの間に生まれた男の子を帝《みかど》のお子と偽って、藤壺の上は宮中に収まっています。帝はわが子と信じ、源氏の弟宮として可愛がっているのです。藤壺はその功によって女御《にょうご》から中宮に昇格していました。

源氏は、どうしてもあきらめきれない藤壺への思慕《しぼ》を、今も折りあらばと、燃やしつづけています。

華やかな花宴の終ったあと、源氏の君はほろ酔の気分にまかせて、何とか、しのびいる隙はないかと藤壺の建物のあたりをさまよっていましたが、戸締りが厳重で、どうすることも出来ません。向かいの弘徽殿《こきでん》の建物に近よると、ここでは三番目の戸口が開いていました。女御は宴のあと、帝のお側に残されて、女房たちもお供して姿はほとんど見えません。源氏は何気なく中へ入っていくと、廊下の向こうから、若い女があでやかな声で「朧月夜《おぼろづきよ》に似るものぞなき」と歌を口ずさみながら歩いてきました。

源氏はとっさに女の袖を捕えて抱きあげ、寝殿の片隅で、契ってしまいます。女はおびえて、「ここに人が」と声を上げ抵抗しますが、源氏は、「自分は何をしても誰からもとがめられない者だから人を呼んでもだめですよ」といいます。その声を聞いて女は源氏だとわかり、ほっとして許してしまうのでした。

それでも女は絶対名を明かさず、あわただしく扇の交換だけをして、ふたりは別れてしまいます。

その翌月、右大臣の邸で藤の花の宴が催された時、招待された源氏は、女が右大臣の娘の六の君だったことを知ります。自分をことごとに憎んでいる弘徽殿の女御の末の妹なのでした。しかも、自分の異腹の兄、東宮《とうぐう》の許婚者《いいなずけ》で、間もなく宮中に上る人だったと知るのでした。

やがて源氏の流浪の原因となる悲恋の発端がここに語られているのでした。

藤裏葉——藤

幼い時から女学生の頃まで、藤は藤棚に咲くものと思いこんでいました。木造一階建ての小学校の中庭にも、女学校の広い校庭の隅にも大きな藤棚があり、五月のはじめには、びっしり藤の花房が咲き揃うからでした。野生の山藤の美しさに気がついたのは、大人になって旅先の山中で、悠々と枝をひろげている藤の花の美しさに目をみはってからでした。

紫式部は紫の色が殊《こと》の外《ほか》好きだったのでしょう。光源氏の永遠の恋人の名を藤壺にしているし、幼い時から手許に引きとり、理想の女性に育てあげた生涯の伴侶も若紫の姫君、紫の上と呼ばせています。

源氏物語の三十三帖には、「藤裏葉《ふじのうらば》」という題までつけています。とても華やかな一帖です。

内大臣（もとの頭《とう》の中将《ちゅうじょう》）の邸には自慢の見事な藤の花が今年も咲き乱れています。その花見をかねて音楽の会が催されました。たそがれ時、内大臣から夕霧《ゆうぎり》の中将に招待状が届きました。

光源氏と正妻葵《あおい》の上《うえ》との間に生まれた夕霧は、母に産後すぐ死なれたので、祖母の大宮《おおみや》の許《もと》にひきとられて育ちます。そこには頭の中将の娘の雲居《くもい》の雁《かり》も預けられていました。まだ幼いとばかりにまわりが思っている間にふたりはいつの間にか契りを結んでいました。

それに気づいた頭の中将はたいそう怒って、監督不行届きだと大宮を責め、雲居の雁を自邸につれ帰りました。

生木を引きさかれた形のまま、ふたりの幼い恋は中断していました。

夕霧は成長するにつれ、天性の智性をあらわし、学問も秀れ、位も次第に上って立派な貴公子になっています。頑固に若いふたりのふしだらをとがめていた頭の中将も、今は内大臣となって心も広くなり、ふたりの結婚を心ひそかに望むようになっていました。

藤の花の宴への招待は仲直りのきっかけにしたいとの心づもりからでした。六条の院の光源氏は、夕霧から招待の話を聞き、たちまち内大臣の心のうちを察して、その招待を受けるよう夕霧にすすめ、衣裳なども自分のものからふさわしいものを選んでやり、送り出します。

お迎えには招待状を届けた内大臣の長男の柏木《かしわぎ》の頭の中将たちがまいりました。

柏木と夕霧は仲のよい友人になっていました。

内大臣は夕霧を迎えてすっかり喜び、酒宴も華やかにすすみ、酔ったふりをして内大臣は、いつまで待たすのだ、早く結婚を申しこんでほしいと歌に詠《よ》みかけたりします。

その夜、夕霧も酔ったふりをして、内大臣の邸に泊めてもらい、柏木が夕霧を雲居の雁の部屋に案内して、ふたりはめでたく再会の縁を結んだのでした。

常夏——撫子

常夏《とこなつ》とは、普通、撫子《なでしこ》と呼ばれている花です。秋の七草に数えられていますが、花期は夏から秋です。日本の山野に昔から自生した多年草で、薄い五弁の淡紅色の花びらが、いかにも繊細で可憐です。

日本の女を大和撫子と呼ぶのも、花の可憐さと慎ましさが日本の女性のイメージとされたからでしょう。

源氏物語では「常夏」の帖に、真夏の暑いある日の出来事として扱われています。

光源氏は自分との逢瀬《おうせ》の最中に頓死《とんし》した夕顔《ゆうがお》が、忘れられません。その忘れ形見の娘が筑紫《つくし》の乳母の家で育てられ、二十二歳になって、ひそかに京に上っていることを知りました。もと夕顔の侍女で、今は源氏に仕えている右近《うこん》が、長谷《はせ》の観音詣での際、偶然再会したのです。右近から話を聞き、源氏は玉鬘《たまかずら》となった娘を六条の院にひそかに引き取り、世間には自分が外に産ませた子だとふれていました。

玉鬘は自分の実の父、内大臣にいつか逢わせてくれるというのを信じて世話になっていました。日増しに都会風に垢《あか》抜けて魅力を増す玉鬘に、源氏は例によってけしからぬ恋情を抱きはじめています。

玉鬘は何不自由ない六条の院の生活に感謝しながらも、実の父に逢いたく気をもんでいます。若い公達《きんだち》たちが、みな玉鬘に憧れ、見ぬ恋に心を燃やしています。

暑いその日、源氏を訪れた公達たちが、源氏のお供をして、みんなして玉鬘の住む西の対《たい》までやってきました。

玉鬘の部屋の前の庭には、いろいろうるさい草花は植えず、ただ色どりよく配した大和撫子と唐《から》撫子がとりまぜて、垣根をつくって夕映えの光の中に咲いているのが何ともいえない風情《ふぜい》です。

源氏はこっそりと部屋の中で、玉鬘に、外の公達の品評をして聞かせます。その中には源氏の子供の夕霧《ゆうぎり》も、内大臣の長男の柏木《かしわぎ》の中将もいるのでした。

源氏の何気なくつぶやくぐちで玉鬘ははじめて、内大臣と夕霧の間が不和で、源氏がそれを恨みに思っていることを知り、これでは実の父との面会はいつのことやらと心を悩ませます。

夜になると、源氏は篝火《かがりび》をたかせ、その明かりのはえる部屋に置かれていた和琴《わごん》を取りよせつま弾《び》きます。その和琴が玉鬘の手によって見事に律《りつ》の調子に整えられていたので、玉鬘が音楽の教養もあることを知ります。

和琴は、内大臣が肩を並べる者もない名人だとされています。

そんな話を玉鬘にしてやります。

「撫子をたっぷり眺めもしないで若い人々は行ってしまいましたね。何とかして内大臣にもこの花園をお目にかけよう。昔、内大臣があなたのことを話してくれたのも、つい今しがたのような気がします」

そんなことばも玉鬘には胸にしみ、悲しくなるのでした。

蜻蛉──蓮

蓮はインドが原産で、古くに大陸より渡来しています。スイレン科の多年生水生植物で、泥中から生れるのに、蓮華《れんげ》と呼ばれる花が清らかで美しいので、昔から珍重されてきました。

仏教では仏が手に持ったり、仏の台座にされたり、お経の題になったりしています。

阿弥陀経《あみだきょう》の中には、極楽の池に咲く蓮は車輪のように大きく、青、黄、赤、白の色の花が、それぞれの光を放ち、高い匂いを放って極楽を美しく飾っているとあります。

根茎は蓮根《れんこん》として食用にして親しまれています。

日本では七月頃開花するので、お盆の花として、仏前に欠かせなくなりました。

源氏物語の「蜻蛉《かげろう》」の帖には、蓮の花の盛りの頃に、明石《あかし》の中宮が法華《ほっけ》八講《はっこう》を催されたことが書かれています。

亡き六条の院の源氏の君（明石の中宮の父）と、紫の上（育ての母）のために、それぞれ日を分けて、荘厳な法要《ほうよう》をなさったのです。

五日めの朝座《あさざ》で、法会《ほうえ》はすべて終わりました。中宮の寝殿を法会の御堂《みどう》にしていたので、その飾りつけを取り払い、もとのお部屋に模様替をします。その間、明石の中宮の御娘《おむすめ》の女一《いち》の宮《みや》は、人々が立ち働いている間、西の渡り廊下に身をさけていらっしゃいました。女房たちも法会の聴聞《ちょうもん》に疲れはて、それぞれに自分の部屋に休んでいて、女一の宮のお側にはいつもより人少なになっていました。

そこへ薫《かおる》の君が通りかかり、かねて心惹かれていた女一の宮の女房の小宰相《こさいしょう》の君がいるかと、そっと襖《ふすま》の外から覗《のぞ》かれました。いつもとちがい襖の内はさっぱりと明るく片づけてあるため、几帳《きちょう》ごしに奥まですっかり見通せてしまいました。

女房と女童《めのわらわ》が騒ぎながら氷を割ろうとしている傍らで、女一の宮が白い薄物をお召しになり、豊かな黒髪を暑そうに斜めに靡《なび》かせて、手に氷をお持ちになったまま女房たちの騒ぎを見ていらっしゃいました。そのお美しさに薫の君は一目で心を奪われてしまいます。この宮の妹宮と結婚していながら、その姉宮に心奪われてしまうのです。その傍らに侍《はべ》る小宰相にもようやく気がつきます。

「昔は固苦しく、真面目一方で、色恋には無縁だったのに、宇治の大君《おおいきみ》に恋して以来、あれこれ悩みが多くなった。昔、さっさと出家していたらこんなふうに女に今頃心を乱すこともなかったのに」

と心が落ち着きません。

その翌朝、一緒に寝《やす》んでいた女二の宮の目覚めたばかりの美しい顔を見ながら、それでも姉宮の方がもっと美しかったと思うのです。

女二の宮に、昨日女一の宮が着ていたのと同じような薄物の肌のすける単衣《ひとえ》を着せ、袴《はかま》も同じ紅《くれない》にさせ、女一の宮の写しのように眺めます。氷までその手にお持たせになり、そうまでして女一の宮の身代わりをほしがる自分を、心の底でひそかにおかしがっているのでした。

千年前の京都も夏の暑さは格別だったのです。冷房機のない邸で、貴族の女たちが暑さ凌ぎにさまざま工夫していた様子がリアルに描かれているのも面白いところです。

藤袴——藤袴

藤袴《ふじばかま》は秋の七草の一つに数えられている野生の花で、川岸の土手や湿気の多いところに育っています。花は薄い藤色ですが、咲き揃うと白い花に見えます。

京都には藤袴を育てる会があって、そこから、ある年、どっさり苗《なえ》を頂きましたが、機嫌の取り難《にく》い花で、寂庵では失敗して、咲かせることができませんでした。

私は前々から、素朴で控え目だけれど、花が咲くと不思議な色気を放つこの花が好きでした。ところが鳴門《なると》に寂庵の分院の「ナルト・サンガ」を開いたら、後隣りが鉢植えの花のおろし屋さんで、広い畠一杯花を育てています。そこの奥さんがある朝、藤袴の苗を胸一杯かかえて来られ、庭に植えてくれました。以前、失敗した話をすると、この花は水をたくさん欲しがるからといって、私の留守も、ずっと水をやってくれ、その年の夏の終りには、見事な花をつけました。

源氏物語には第三十帖に「藤袴」という題があります。

光源氏が溺愛《できあい》している最中に、もののけに襲われ、なにがしの院で頓死《とんし》した夕顔の娘が、九州の乳母の家で育てられ、成長して京に出て、不思議な縁で源氏の六条の院にかくまわれていることは、前に話しました。玉鬘《たまかずら》と呼ばれるこの姫は、夕顔と若き日の頭《とう》の中将《ちゅうじょう》との間に生まれたのです。源氏は自分の外子《そとご》と世間には報じて大切に面倒を見ているうち、例の癖が出て、抑え難い恋情を抱いています。玉鬘は、それと気がつき、悩んでいましたが、源氏が実父の内大臣（前の頭の中将）に、真実をうちあけたことから、玉鬘にはまた新しい悩みが生じます。

以前は実の兄妹の柏木《かしわぎ》がそれと知らず恋をしてきて困ったものの、今度は本当の兄妹でなかったと知った夕霧《ゆうぎり》の中将が、恋の想いを打ちあけてきたのです。しかも帝《みかど》の意向で近く玉鬘は尚侍《ないしのかみ》として宮仕えをすることになっているのでした。その上、最大の悩みは、そんな間にも源氏の恋心が日増しに露骨になってくることでした。

そんなある夕暮、夕霧が玉鬘を訪れました。名目は、尚侍となる上でのいろいろな忠告を、源氏の院から頼まれたということですが、それはとっさの夕霧の造りごとです。

ふたりは亡くなった大宮《おおみや》のために喪服を着ています。夕霧にとっては母方《かた》の祖母だし、玉鬘にとっても実父内大臣の母だから、祖母に当り、喪服を着るいわれがあります。

この時、夕霧は用意してきた藤袴を御簾《みす》の端からさしいれて、それを受けとろうとした玉鬘の袖をとっさにとらえて、歌を詠みかけます。

同じ野の露にやつるる藤袴
　あはれはかけよかごとばかりも

共に祖母の死を悲しみ、藤色の喪服を着ているあなたとわたし、同じ野に咲く藤袴の縁《ゆかり》で、少しでも愛して下さいという意味です。

日頃はおとなしい夕霧の思いがけない熱情に、読者はおどろかされます。

鈴虫——萩

源氏物語の中で、私の好きな帖に、第三十八帖「鈴虫《すずむし》」があります。

ここには特定の花はあげられていませんが、源氏が必死にとめたのを振り切って出家してしまった女三の宮のために、尼宮のお部屋の前庭を、一面の野原のような趣きに造園されました。

その庭には秋草を隅々にまで植えて、そこに虫をたくさん放し飼いにされたのです。

秋草とありますから、おそらく秋の七草、女郎花《おみなえし》、尾花《おばな》、桔梗《ききょう》、撫子《なでしこ》、藤袴《ふじばかま》、葛《くず》、萩《はぎ》、のすべてが植えられたことでしょう。

その中でも最も秋らしい風情をたたえていたのは、なよなよしていながらも可憐な花をつけ、群《むら》がり咲いて存在を示す萩ではなかったでしょうか。秋草の咲き乱れる野原を「花野《はなの》」と呼ぶのも風情があります。

女三の宮は皇女の身で、十四、五歳の時、四十歳の源氏に降嫁《こうか》して、六条の院の人となりましたが、源氏はあまりにも稚《おさ》なすぎた女三の宮に魅力を感じないで、その頃からすっかり病気がちになった紫の上につききりの看病をして、改めて紫の上の魅力を見直していました。

その隙に、女三の宮は、かねて思いをかけられていた柏木《かしわぎ》の中将《ちゅうじょう》に強引に犯されてしまいます。その上、柏木の子を宿してしまうのです。

それを源氏に悟られ、女三の宮は出家してしまい、柏木は悲しさから鬱《うつ》病になり、泡のように死んでゆきます。生まれた男の子を、世間向けには源氏は自分の子として育てます。

尼宮になっても、女三の宮を六条の院に留めて面倒を見つづけているのでした。

尼宮のお部屋の前に花野を作ったのも、そういう時でした。

源氏五十歳の中秋《ちゅうしゅう》の名月の夜、源氏が尼宮のところに訪れ、自分の作った花野に放った鈴虫の音《ね》に聞きほれます。そんな時でも、源氏は尼宮へ対してのみれんな恋心を、それとなく訴えるので、尼宮の方では心からそれをうとましく思っています。

琴《きん》を取り寄せ、興に乗って源氏がそれをかき鳴らすと、尼宮もさすがにその美しい音色《ねいろ》にうっとりと心が和むのでした。

そこへ、その音をたよりに蛍兵部卿《ほたるひょうぶきょう》の宮や夕霧《ゆうぎり》や、殿上人が次々訪れ、賑やかな鈴虫の宴になりました。音楽をかなでたり、歌ったりしている所へ、冷泉院《れいぜいいん》から月見の招待が届いたので、源氏は客たちをみんな引きつれて冷泉院を訪れます。院は自分が、母の藤壺の中宮と源氏の不義の子供だと、人から聞かされ知っていました。それもあって早々と退位してひっそりと暮らしています。年と共に容貌が源氏とそっくりになっていました。その夜の、月見の宴は朝までつづくのでした。

これといって事件もない淡々とした一夜のことがしみじみ書かれ、満月の光に照らされた秋草の庭も、その中から湧きたつ虫の声も、目に映り耳に聞こえてくるような感じのする静かな帖です。描写のない秋草が、かえってありありと目に映るような気がします。

宿木――菊

日本の晩秋を彩る花の王は何といっても菊でしょう。皇室の御紋になるくらい菊は尊ばれていますが、平安時代に中国から渡来したといわれます。万葉以前には菊の歌はないようです。

源氏物語の「宿木《やどりぎ》」には菊が印象的に使われています。この頃、光源氏はすでに亡くなっていて、その子や孫の時代になっています。

今上帝《きんじょうてい》が東宮《とうぐう》の時代、誰よりも早く入内《じゅだい》して、とりわけ御寵愛を得ていた藤《ふじ》壺《つぼ》の女御《にょうご》がいました。そのうち後から入内してきた明石《あかし》の中宮《ちゅうぐう》の華々しい勢力に押されて、お気の毒な有様になっていきます。明石の中宮には次々宮たちがお産まれなのに、こちらは女宮お一人しか産まれなかったのも悲運でした。この女二の宮は、たいそう美しく、母女御はその将来に期待をかけていました。ところが女二の宮が十四歳の時、母女御は物《も》の怪《け》に苦しみ、あっけなく亡くなってしまわれました。

帝《みかど》も悲しみにくれている女二の宮に格別お心を寄せ、その将来を案じられます。亡き女御のお身内には後見《うしろみ》として頼もしい人もいないので、帝は女二の宮の将来を守ってくれる頼もしい夫になる男はいないものかと思いめぐらせていらっしゃいました。それには、薫《かおる》の中納言《ちゅうなごん》以上の人はいないように思われました。

薫の君は、今は尼君になっている女三の宮が源氏の君に降嫁《こうか》され産まれた方でした。学識も高く、誠実な人柄は人望の的でした。

御所のお庭先の菊の花が今が見頃と咲きほこっているある日、しんみり時雨《しぐれ》が降りはじめました。日暮れには時雨に濡れた菊の花に、残照がさしそい、ひときわ美しく映えるのを御覧になり、帝は薫の中納言をおそばにお呼びよせになりました。

碁《ご》のお相手をお命じになってから、

「今日の勝負にはいい賞品があるのだけれど、それは簡単には渡せないよ。さて、ほかには何がいいだろう」

など思わせぶりにおっしゃいます。

さて碁は、三番勝負で、帝が二敗なさいました。

「いまいましいな。まあ今日は賞品として、この庭の花を一枝だけ折ることを許そう」

とおおせになります。

薫の君は黙って庭に下りて、風情のある菊の一枝を折ってきました。

世のつねの垣根ににほふ花ならば
心のままに折りて見ましを

と奏上《そうじょう》します。世にありふれた家の垣根に咲いている菊なら、思うままに手折《たお》り、自分のものとするでしょうけれど、という意味で、帝の御内意を察しているけれど、内親王《ないしんのう》との結婚は畏《おそ》れ多いという歌です。帝はまた、

霜《しも》にあへず枯れにし園の菊なれど
　のこりの色はあせずもあるかな

と仰せになります。霜にたえきれず枯れてしまった菊のように母女御は亡くなったけれど、残された女二の宮は色もあせず美しく咲き匂っている菊のように美しいよという意味で、暗に女二の宮のことをほのめかせています。

薫の君は、帝の御意中は充分察しながらも、例のはきはきしない慎重な性格から、あれこれ思案し事を進めようとはしないのでした。

野分――秋の花々

日本人は昔から春秋の優劣を争う時、秋をひいきにする人が多かったようです。

源氏物語でも六条の院を光源氏が営造した時、東南の邸を自分と紫の上の住居として、春の好きな紫の上の好みに応じて、庭の植物も春の花木を集め春の御殿と呼びました。

隣の西南の御殿は、秋好《あきこの》む中宮《ちゅうぐう》のお里邸《さとやしき》として、中宮のお好みの秋の草花を集めつくし、朝夕にその花々をめでていらっしゃいました。

千年昔も今と同じく秋のはじめに、この国は決って台風に見舞われました。

当時はそれを野分《のわき》と呼んでいました。

その年は、例年より激しい野分が吹き荒れました。中宮は庭の花々のことが心配でなりません。

紫の上の御殿でも、野分に植え込みの萩《はぎ》の枝も痛ましく折れ、むざんな有様なのを、紫の上は少し端近《はしぢか》にお出になって眺めていらっしゃいました。

そこへ律儀な夕霧《ゆうぎり》の中将《ちゅうじょう》が早々とお見舞いに駆けつけ、渡り廊下から思いがけず紫の上の姿を見てしまいました。源氏の君は日頃から用心深く、紫の上を息子の夕霧には逢わせていません。はじめて見た紫の上の気高く華やかな美しさに、夕霧は衝撃を受け、抑えきれない憧れと切ない恋心を抱いてしまいました。義母に恋するような恐ろしいことはとても出来ない夕霧でしたが、あんな美しい方と朝夕一緒に暮らせたら、限りある命も、少しは延びるだろうに、など思わないではいられません。

明け方には、風は少し衰えたものの、横なぐりの雨が降りしきりました。夕霧の中将は、今朝も早くから六条の院を見舞いました。庭の木々が風に吹き倒され、枝が折れ伏し、草むらは荒れ放題で、屋根の檜皮《ひわだ》や棟瓦《むながわら》がおびただしく散乱しています。

そんな景色に夕霧の中将は感傷的になって、なぜか涙まで落ちてくるのでした。咳をして来たことを知らせると、部屋の中では、源氏の君が、

「中将がこんなに早くから来ているらしい」

とつぶやき、紫の上との睦《むつ》ごとがしばらく洩《も》れ聞こえます。水ももらさぬ二人の仲の好《よ》さの雰囲気がなまめかしく伝わってきます。夕霧の中将は、「どうして今頃、こんな悩ましい物想いをすることになったのだろう」

と、深いため息をもらしてしまうのでした。

敏感な源氏の君は、そわそわした夕霧の常にない表情に、はっと思い当たるものがあり、昨日、夕霧が紫の上を見たにちがいないと知るのでした。

夕霧は源氏の使いとして、そこから秋好む中宮の御殿へお見舞いに参上します。こちらでは女童《めのわらわ》が四、五人庭に下りて、それぞれの虫籠に露を与えている

のでした。こちらに吹きよせてくる風は、あまり匂わない紫苑《しおん》の花さえ、ありったけの匂いを放っているようでした。

紅葉賀——紅葉

紅葉は日本の秋を代表する植物です。「モミジ」と読めば、カエデの仲間の植物の総称で、「コウヨウ」と読めば、赤や黄に色づくことを指します。

京都の紅葉《もみじ》は、十一月の中頃が最も美しく、全国の名所になっています。

源氏物語には「紅葉賀《もみじのが》」と題された帖があります。その年の十月十日過ぎに、朱雀院《すざくいん》へ帝《みかど》が行幸《ぎょうこう》なさることになっていました（旧暦十月なので、新暦では十一月頃）。その日の催しは格別見応えのあるものが用意されていたのに、それを藤壺の中宮に見せてあげられないのを桐壺帝は残念に思われ、行幸の前に、当日の舞楽《ぶがく》の予行演習を、清涼殿の前庭で行い、藤壺の宮や、後宮の女房たちに見せておやりになりました。

試楽《しがく》の日は、源氏の君と頭《とう》の中将《ちゅうじょう》が青海波《せいがいは》を舞われました。頭の中将もなかなかの美男ですが、とても源氏の君の美しさには比べものになりません。

折から夕日のはなやかな光が射しそい、楽の音が高くひびき渡り、源氏の君のこの世ならぬ舞姿をいやが上にも引き立てました。

舞いながら詩句の朗誦《ろうしょう》もされるお声がまたとなく魅力的なので、帝をはじめ並いる見物の女房たちは、感動の余り涙にむせんでしまうのでした。

藤壺の宮は、源氏の君とのあの大それたあやまちの秘密さえなかったなら、今日の源氏の君の舞姿を、どんなにか晴々と誇らしく心ゆくまで眺められたことかと、内心苦しくて、あの秘密も源氏の君の舞姿もすべて夢を見ているようなお気持です。

その夜はそのまま藤壺の宮は帝と御一緒に清涼殿でお寝《やす》みになりました。帝は今日の源氏の君の舞姿をどう見られたかと感想をお尋ねになります。藤壺の宮は心のとがめに、ただ一言、

「たいそう結構でございました」

としかお答えできません。

源氏の君との秘密の逢瀬《おうせ》で、藤壺の宮は妊娠していて、それを帝の御子《みこ》だといつわって報告してあるのでした。

「今日の試楽でこんなに上手なところを見せつくしてしまったので、肝心の行幸の日の、朱雀院の紅葉の木陰での本番は見劣りするかもしれないね」

など、帝はあくまで上機嫌でした。

その翌朝、源氏の君から藤壺の宮へ、

「昨日の舞をいかが御覧なさいましたでしょうか、何ともいいようのない切ない心の、乱れ湧くのにまかせて舞ったのでしたが」

とお便りが届きました。藤壺の宮もさすがに、

「あなたの舞は切なく心が揺れ、平静では見られませんでした」と、歌によせてお返事がありました。

朱雀院での本番の時は、木高い紅葉の蔭に、四十人の楽人が奏でる楽の音も

華やかに、色とりどりに舞いちる紅葉の中から、源氏の君の青海波が、華やかに舞い出た光景こそが、なんと言っても当日の圧巻でした。

浮舟――藪柑子

藪柑子《やぶこうじ》は、常緑樹で、丈が低く、せいぜい三十センチくらいにしかなりません。名のとおり、山林の木蔭などに自生していたものが赤い実をつけ、それが正月の縁起物とされるようになり、人家の庭にも植えられるようになっています。

花は七、八月頃にピンクがかった白に咲きますが、目立たないので特に観賞されません。

何気なく庭を歩いていて、ふと気づくと足許の木蔭に真赤な藪柑子の赤い実がつやつや光っているのを見ると、ささやかながらおだやかな安らぎが心にしみます。

源氏物語では「浮舟《うきふね》」の帖に使われています。この帖では宇治《うじ》の八の宮の娘の中の君が、姉の大君《おおいきみ》の亡くなったあと、匂宮《におうのみや》に京に伴なわれ、二条の院で男の子を産み、平安な新年を迎えたところから始まっています。

匂宮は中の君が妊娠中、夕霧《ゆうぎり》の右大臣の懇望《こんもう》に抗しきれず、夕霧の六の君と結婚しています。暮れから新年のはじめは六の君と過ごしたのでしょう。匂宮が二条の院を訪れたのは、正月のはじめを過ぎた頃でした。正月を迎えて二歳になった若宮のお相手をして可愛がっていらっしゃる昼ごろ、小さい女童《めのわらわ》が、緑色の薄い紙に包んだ手紙と、小さな鬚籠《ひげこ》を小松に結いつけたものを持って、無遠慮に走ってきて、中の君にさしあげました。

「宇治からお使いが大輔《たいふ》さまにと持ってきました。でも勝手がわからずまごまごしていたので、いつものように北の方が御覧になるものだろうと、わたくしが受け取りました」

という。鬚籠とは竹などで編み、編み残した端が鬚のように出ている籠のこ

とで、果物や花などをいれます。女童が調子に乗り、

「この籠は竹ではなく金《かね》で造って、色をつけたものですね、松の枝も、まあ、本物そっくり」

と、喋りつづけるのを、匂宮は面白がって笑いながら、それをお取りあげになるので、中の君はひどくお困りになって、

「手紙は大輔のところにお渡しなさい」

と女童におっしゃいました。そのお顔が赤くなっているのを匂宮は見逃さず、近頃、中の君との仲を疑っている薫《かおる》の君の手紙かもしれないと、あけてお読みになりました。手紙はたいそう若々しい字で、「山里はひどくさびしく気も滅入ります」などと書いた端に、

「これを若君にさしあげて下さい。変なものですけど、若君の千代八千代《ちよやちよ》の御栄《みさか》えをお祝いいたします」

とあり、添えてあるのは自作の卯槌《うづち》です。二股《ふたまた》になった松の枝に、藪柑子の赤い実も作って、刺し通してあります。

それは腹ちがいの中の君の妹で、八の宮に認知されず、母親と共に常陸《ひたち》に下り、そこで育った不運な末の姫の手紙でした。一時、母親が頼ってきて、二条の院に預った時、匂宮が見つけて、危ういことがあったのです。今は薫の君の世話になって宇治にひっそりと囲われている姫君で、浮舟《うきふね》という名で呼ばれるようになる下巻のヒロインです。

椎本——柳

柳は日本では町中の街路樹や水辺の水害対策に植えられているようです。「柳、桜をこきまぜて」という表現がありますが、昔から桜の花の咲く頃、柳の葉が青々と芽ぶき、あれよあれよという間に豊かなしだれ葉を重ねて人目をひきつけます。

源氏物語では、「椎本《しいがもと》」に薄幸な八の宮が、光源氏の復権につれて、追われるように宇治《うじ》に移り住んでいる様子が描かれています。北の方も亡くなり、都の邸も焼失し、大君《おおいきみ》と中の君の二人の姫君の成長だけを見守りながら、淋しい隠遁《いんとん》生活を送っている八の宮の耳に、川向こうの帝《みかど》の別荘に遊びに来られた匂宮《におうのみや》が人々を集め、管絃のお遊びをされているらしく、川を渡って何ともいえない美しい横笛の音色などが聞こえてきました。

昔、宮中の華やかな管絃の遊びに参列した日のことが思いだされ、源氏の君の実に美しい、心をそそられるような笛の音色なども思いだされるのでした。

「ああ、すべては何とはるかな昔のことになってしまったか。管絃の遊びなど、全くすることもなく、淋しく過した歳月が、いつの間にかこうも長くなってしまって」

と、感慨にひたるにつけても、姫君たちの美しさを、こんな山里に埋もれさせてしまいたくないと、しみじみお思いになります。よく仏教のことなどを学びに訪ねてくる薫《かおる》の君などが、姫たちの婿《むこ》にふさわしいと思うにつけ、勝手にそんな期待をしてはいけないだろうと気弱に考えこんでしまわれます。そんな八の宮の山荘では、春の短夜《みじかよ》も、たいそう長く感じられるのに、川向こうの旅寝の匂宮の別荘では、宴会の酒の酔いにまぎれて、朝も早々と明けてしまったような気がしています。

はるばると遠くまで霞《かすみ》がたちこめた空に、散りかかっている桜や、今咲きそめた桜も色とりどりに美しく見渡されるなかに、川岸の柳の緑が、風になびいて起きたり、伏したりする様子が、川面《かわも》に映ってゆれている水影など、なかなか風情があります。

薫の君はこんな好機を逃さず、ひとり八の宮の別荘へ渡りたいと思うものの、ひとり舟を漕《こ》ぎだすのも軽々しいとためらっている所へ、八の宮の方から誘いのお手紙が届いたのです。

薫の君は公卿《くぎょう》たちも誘って賑やかに音楽を奏しながら舟で渡りました。

八の宮のお邸は全くひなびた山里風で、水辺に降りる趣きのある橋や、わざと簡素にしたお部屋の飾りつけなどが行き届いています。

昔から伝わった、音色のすばらしい絃楽器の数々が揃えてあるのを、客たちがそれぞれ弾きはじめて楽しみます。八の宮も箏《そう》の琴《こと》をさり気なくお弾きになります。

川向こうに残された匂宮は御身分柄、軽々しく振舞えないので残念がり、姫君に憧れているという歌だけを送って御自分を慰めていらっしゃいます。
お返事は中の君のお手で返ってきました。
興味深い管絃の遊びはまだつづいています。

胡蝶——山吹

山吹《やまぶき》は、桜に遅れて仲春《ちゅうしゅん》から晩春《ばんしゅん》にかけて咲きます。一重と八重があり、鮮やかな黄色の花が山道のかたわらなどに群生しているのは目が覚めるようです。八重は庭園などに好まれます。わが寂庵《じゃくあん》にはいつの間にか一重も八重も根づいていて、咲いている間、明るい灯《ひ》がともったように鮮やかです。

源氏物語の中では、第二十四帖の「胡蝶《こちょう》」の中に描かれています。六条の院の春の御殿といえば、東南に位置する源氏と紫の上の住む御邸です。春の好きな紫の上にちなんで春の御殿と呼ばれています。その隣の西南の御殿は秋好む中宮のお里邸で、秋の御殿と呼ばれています。中宮の御生母の六条《ろくじょう》の御息所《みやすどころ》のお邸だったところです。

三月の二十日あまりの春の御殿は、例年よりも美しい春の盛りの風景です。三月二十日とは旧暦なので、新暦では四月の中頃になります。花盛りの庭は目もまばゆい美しさです。それでも築山《つきやま》の木立や、池の中の島の苔の美しさなどは、邸の中からは遠くて見えにくいと女房たちが残念がっているので、源氏の君は唐風《からふう》の龍頭鷁首《りようとうげきしゆ》＊を華やかに飾りたてて、船遊びをすることにしました。いよいよ船を池に浮べる日には、楽人たちを招き、船上で音楽を奏させます。親王《みこ》たちや上達部《かんだちめ》などが大勢いらっしゃいました。

ちょうど、その頃、秋好む中宮もお里退《さが》りなさっておられたので、源氏の君も紫の上も、ぜひ秋好む中宮を御招きして、春の御殿の美しさや船遊びを楽しんでいただきたいとお思いですが、中宮という尊い御身分では、そう軽々しくお出かけになることはできません。

それで中宮にお仕えする女房たちを選んで船に乗せることになりました。

中宮の秋の御殿と、紫の上の春の御殿の南の池はつながっていて、真中の築山が関所のようになっています。

船の楫《かじ》取りも棹《さお》をさす童《わらわ》たちも、みな唐風の衣装をつけ、髪をみずらに結《ゆ》わせています。船をはじめすべてが異国風なので、若い女房たちはまるで未知の国へ行くように胸をときめかせています。春の御殿の釣殿《つりどの》に、紫の上の若い女房たちを集めて、船を迎えるようにしました。

船からは春の御殿のお庭がはるばると眺められ、咲き残った桜も、渡り廊下のめぐりの藤の花もしっとりと咲きほこり、柳は色濃くなった枝を垂れ、中でも池の水に影を映している山吹は、岸から咲きあふれてこの上もない鮮やかな花盛りです。すべてが夢のような美しい景色に女房たちは心を奪われ、時のたつのも忘れそうに、船にゆられているのでした。

＊……平安時代の貴人の乗った船。二隻《せき》一対で、片方の舳《へさき》に龍、もう一方に鷁《う》に似た鳥の首の形を彫刻したもの。

●本書は二〇一八年三月に、小社より刊行されました。
文庫化にあたり、一部を加筆・修正しました。

|著者|瀬戸内寂聴　1922年、徳島県生まれ。東京女子大学卒。'57年「女子大生・曲愛玲」で新潮社同人雑誌賞、'61年『田村俊子』で田村俊子賞、'63年『夏の終り』で女流文学賞を受賞。'73年に平泉・中尊寺で得度、法名・寂聴となる（旧名・晴美）。'92年『花に問え』で谷崎潤一郎賞、'96年『白道』で芸術選奨文部大臣賞、2001年『場所』で野間文芸賞、'11年『風景』で泉鏡花文学賞を受賞。1998年『源氏物語』現代語訳を完訳。2006年、文化勲章受章。また、95歳で書き上げた長篇小説『いのち』が大きな話題になった。近著に『愛することば　あなたへ』『命あれば』『愛に始まり、愛に終わる　瀬戸内寂聴108の言葉』など。2021年逝去。

花《はな》のいのち
瀬戸内寂聴《せとうちじやくちよう》

2021年4月15日第1刷発行
2022年2月21日第3刷発行

発行者——鈴木章一
発行所——株式会社　講談社
東京都文京区音羽2-12-21　〒112-8001
電話　出版（03）5395-3510
　　　販売（03）5395-5817
　　　業務（03）5395-3615
Printed in Japan

講談社文庫
定価はカバーに
表示してあります

KODANSHA

デザイン—菊地信義
本文データ制作—講談社デジタル製作
印刷———豊国印刷株式会社
製本———株式会社国宝社

ISBN978-4-06-523063-3

講談社文庫刊行の辞

二十一世紀の到来を目睫に望みながら、われわれはいま、人類史上かつて例を見ない巨大な転換期をむかえようとしている。

世界も、日本も、激動の予兆に対する期待とおののきを内に蔵して、未知の時代に歩み入ろうとしている。このときにあたり、創業の人野間清治の「ナショナル・エデュケイター」への志を現代に甦らせようと意図して、われわれはここに古今の文芸作品はいうまでもなく、ひろく人文・社会・自然の諸科学から東西の名著を網羅する、新しい綜合文庫の発刊を決意した。

激動の転換期はまた断絶の時代である。われわれは戦後二十五年間の出版文化のありかたへの深い反省をこめて、この断絶の時代にあえて人間的な持続を求めようとする。いたずらに浮薄な商業主義のあだ花を追い求めることなく、長期にわたって良書に生命をあたえようとつとめるところにしか、今後の出版文化の真の繁栄はあり得ないと信じるからである。

同時にわれわれはこの綜合文庫の刊行を通じて、人文・社会・自然の諸科学が、結局人間の学にほかならないことを立証しようと願っている。かつて知識とは、「汝自身を知る」ことにつきていた。現代社会の瑣末な情報の氾濫のなかから、力強い知識の源泉を掘り起し、技術文明のただなかに、生きた人間の姿を復活させること。それこそわれわれの切なる希求である。

われわれは権威に盲従せず、俗流に媚びることなく、渾然一体となって日本の「草の根」をかたちづくる若く新しい世代の人々に、心をこめてこの新しい綜合文庫をおくり届けたい。それは知識の泉であるとともに感受性のふるさとであり、もっとも有機的に組織され、社会に開かれた万人のための大学をめざしている。大方の支援と協力を衷心より切望してやまない。

一九七一年七月

野間省一

塩田武士 女神のタクト
塩田武士 ともにがんばりましょう
塩田武士 罪の声
塩田武士 氷の仮面
塩田武士 歪んだ波紋
芝村凉也 孤闘《とう》の寂《せき》〈素浪人半四郎百鬼夜行(六)〉
芝村凉也 邂逅の紅蓮〈素浪人半四郎百鬼夜行(七)〉
芝村凉也 終焉の百鬼行〈素浪人半四郎百鬼夜行(八)〉
芝村凉也 追憶の翰《かん》〈素浪人半四郎百鬼夜行(拾遺)〉
真藤順丈 畦と銃
真藤順丈 宝島(上)(下)
柴崎竜人 三軒茶屋星座館1〈冬のオリオン〉
柴崎竜人 三軒茶屋星座館2〈夏のキグナス〉
柴崎竜人 三軒茶屋星座館3〈春のカリスト〉
柴崎竜人 三軒茶屋星座館4〈秋のアンドロメダ〉
周木律 眼球堂の殺人〈~The Book~〉
周木律 双孔堂の殺人〈~Double Torus~〉
周木律 五覚堂の殺人〈~Burning Ship~〉
周木律 伽藍堂の殺人〈~Banach-Tarski Paradox~〉

周木律 教会堂の殺人〈~Game Theory~〉
周木律 鏡面堂の殺人〈~Theory of Relativity~〉
周木律 大聖堂の殺人〈~The Books~〉
下村敦史 闇に香る嘘
下村敦史 生還者
下村敦史 叛《はん》徒《と》
下村敦史 失踪者
下村敦史 緑の窓口〈樹木トラブル解決します〉
九把刀 阿井幸作/泉京鹿 訳 あの頃、君を追いかけた
神護かずみ ノワールをまとう女
四戸俊成 芹沢政信 神在月のこども
篠原悠希 霊獣紀〈獲麟《かくりん》の書(上)〉
篠原悠希 霊獣紀〈獲麟《かくりん》の書(下)〉
杉本苑子 孤愁の岸(上)(下)
鈴木光司 神々のプロムナード
鈴木英治 大江戸監察医
杉本章子 お狂言師歌吉うきよ暦
杉本章子 大奥二人道成寺〈お狂言師歌吉うきよ暦〉
諏訪哲史 アサッテの人

菅野雪虫 天山の巫女《みこ》ソニン(1) 黄金の燕
菅野雪虫 天山の巫女《みこ》ソニン(2) 海の孔雀
菅野雪虫 天山の巫女《みこ》ソニン(3) 朱烏《あけがらす》の星
菅野雪虫 天山の巫女《みこ》ソニン(4) 夢の白鷺
菅野雪虫 天山の巫女《みこ》ソニン(5) 大地の翼
鈴木大介 ギャングース・ファイル〈家のない少年たち〉
鈴木みき 日帰り登山のススメ〈あした、山へ行こう!〉
砂原浩太朗 いのちがけ〈加賀百万石の礎〉
瀬戸内寂聴 新寂庵説法 愛なくば
瀬戸内寂聴 人が好き[私の履歴書]
瀬戸内寂聴 白道
瀬戸内寂聴 寂聴相談室 人生道しるべ
瀬戸内寂聴 瀬戸内寂聴の源氏物語
瀬戸内寂聴 愛する能力
瀬戸内寂聴 藤壺
瀬戸内寂聴 生きることは愛すること
瀬戸内寂聴 寂聴と読む源氏物語
瀬戸内寂聴 月の輪草子
瀬戸内寂聴 新装版 寂庵説法

瀬戸内寂聴　死に支度
瀬戸内寂聴　新装版 蜜と毒
瀬戸内寂聴　新装版 花《か》怨《えん》
瀬戸内寂聴　新装版 祇園女御《ぎおんにょうご》(上)(下)
瀬戸内寂聴　新装版 かの子撩乱
瀬戸内寂聴　新装版 京まんだら(上)(下)
瀬戸内寂聴　いのち
瀬戸内寂聴　花のいのち
瀬戸内寂聴　ブルーダイヤモンド〈新装版〉
瀬戸内寂聴・訳　源氏物語 巻一《まきいち》
瀬戸内寂聴・訳　源氏物語 巻二《まきに》
瀬戸内寂聴・訳　源氏物語 巻三《まきさん》
瀬戸内寂聴・訳　源氏物語 巻四《まきし》
瀬戸内寂聴・訳　源氏物語 巻五《まきご》
瀬戸内寂聴・訳　源氏物語 巻六《まきろく》
瀬戸内寂聴・訳　源氏物語 巻七《まきしち》
瀬戸内寂聴・訳　源氏物語 巻八《まきはち》
瀬戸内寂聴・訳　源氏物語 巻九《まきく》
瀬戸内寂聴・訳　源氏物語 巻十《まきじゅう》

先崎 学　先崎学の実況! 盤外戦
妹尾河童　少年H(上)(下)
瀬尾まいこ　幸福な食卓
関原健夫　がん六回 人生全快
瀬川晶司　泣き虫しょったんの奇跡 完全版〈サラリーマンから将棋のプロへ〉
仙川 環《たまき》　幸福の劇薬〈医者探偵・宇賀神晃〉
仙川 環　偽装診療〈医者探偵・宇賀神晃〉
瀬木比呂志　黒い巨塔〈最高裁判所〉
瀬那和章　今日も君は、約束の旅に出る
曽野綾子　新装版 無名碑(上)(下)
三浦朱門 曽野綾子　夫婦のルール
蘇部健一　六枚のとんかつ
蘇部健一　六とん2
蘇部健一　届かぬ想い
曽根圭介　沈底魚
曽根圭介　藁《わら》にもすがる獣たち
曽根圭介　TATSUMAKI〈特命捜査対策室7係〉
田辺聖子　川柳でんでん太鼓
田辺聖子　ひねくれ一茶

田辺聖子　愛の幻滅(上)(下)
田辺聖子　うたかた
田辺聖子　春情蛸の足
田辺聖子　蝶花嬉遊図
田辺聖子　言い寄る
田辺聖子　私的生活
田辺聖子　苺をつぶしながら
田辺聖子　不機嫌な恋人
田辺聖子　女の日時計
谷川俊太郎訳 和田誠絵　マザー・グース 全四冊
立花 隆　中核VS革マル(上)(下)
立花 隆　日本共産党の研究 全三冊
立花 隆　青春漂流
滝口康彦　〈レジェンド歴史時代小説〉粟田口の狂女
高杉 良　労働貴族
高杉 良　広報室沈黙す(上)(下)
高杉 良　炎の経営者(上)(下)
高杉 良　小説 日本興業銀行 全五冊
高杉 良　社長の器

高杉　良　その人事に異議あり〈女性広報主任のジレンマ〉
高杉　良　人　事　権　！
高杉　良　小説消費者金融〈クレジット社会の罠〉
高杉　良　小説新巨大証券(上)(下)
高杉　良　局長罷免―小説通産省
高杉　良　首魁《しゅかい》の宴《うたげ》〈政官財腐敗の構図〉
高杉　良　指　名　解　雇
高杉　良　燃ゆるとき
高杉　良　挑戦つきることなし〈小説ヤマト運輸〉
高杉　良　銀　行　大　合　併〈短編小説全集(上)〉
高杉　良　エリートの反乱〈短編小説全集(中)〉
高杉　良　金融腐蝕列島(上)(下)
高杉　良　銀　行　大　統　合〈小説みずほFG〉
高杉　良　勇　気　凜　々
高杉　良　混沌《こんとん》　新・金融腐蝕列島(上)(下)
高杉　良　乱　気　流(上)(下)
高杉　良　小説会社再建
高杉　良　小説ザ・ゼネコン
高杉　良　新装版懲戒解雇
高杉　良　新装版大逆転！〈小説　三菱・第一銀行合併事件〉
高杉　良　新装版バンダルの塔
高杉　良　第　四　権　力〈巨大メディアの罪〉
高杉　良　巨大外資銀行
高杉　良　最強の経営者〈アサヒビールを再生させた男〉
高杉　良　リ　ベ　ン　ジ〈巨大外資銀行〉
高杉　良　新装版会社蘇生
竹本健治　新装版匣《はこ》の中の失楽
竹本健治　囲碁殺人事件
竹本健治　将棋殺人事件
竹本健治　トランプ殺人事件
竹本健治　狂い壁　狂い窓
竹本健治　涙《るい》香《こう》迷《めい》宮《きゅう》
竹本健治　新装版ウロボロスの偽書(上)(下)
竹本健治　ウロボロスの基礎論(上)(下)
竹本健治　ウロボロスの純正音律(上)(下)
高橋源一郎　日本文学盛衰史
高橋克彦　写楽殺人事件
高橋克彦　総　門　谷
高橋克彦　炎《ほむら》立つ　壱　北の埋み火
高橋克彦　炎立つ　弐　燃える北天
高橋克彦　炎立つ　参　空への炎
高橋克彦　炎立つ　四　冥き稲妻
高橋克彦　炎立つ　伍　光彩楽土〈全五巻〉
高橋克彦　火　怨(上)(下)〈北の燿星アテルイ〉
高橋克彦　水　壁〈アテルイを継ぐ男〉
高橋克彦　天を衝く(1)〜(3)
高橋克彦　風の陣　一　立志篇
高橋克彦　風の陣　二　大望篇
高橋克彦　風の陣　三　天命篇
高橋克彦　風の陣　四　風雲篇
高橋克彦　風の陣　五　裂心篇
髙樹のぶ子　オライオン飛行
田中芳樹　創竜伝1〈超能力四兄弟《ドラゴン》〉
田中芳樹　創竜伝2〈摩天楼の四兄弟《ドラゴン》〉
田中芳樹　創竜伝3〈逆襲の四兄弟《ドラゴン》〉
田中芳樹　創竜伝4〈四兄弟《ドラゴン》脱出行〉
田中芳樹　創竜伝5〈蜃気楼都市《ミラージュ・シティ》〉

講談社文庫　目録

田中芳樹　創竜伝6〈染血の夢《ブラッディ・ドリーム》〉
田中芳樹　創竜伝7〈黄土のドラゴン〉
田中芳樹　創竜伝8〈仙境のドラゴン〉
田中芳樹　創竜伝9〈妖世紀のドラゴン〉
田中芳樹　創竜伝10〈大英帝国最後の日〉
田中芳樹　創竜伝11〈銀月王伝奇〉
田中芳樹　創竜伝12〈竜王風雲録〉
田中芳樹　創竜伝13〈噴火列島〉
田中芳樹　魔天楼〈薬師寺涼子の怪奇事件簿〉
田中芳樹　東京ナイトメア〈薬師寺涼子の怪奇事件簿〉
田中芳樹　巴里《パリ》・妖都変〈薬師寺涼子の怪奇事件簿〉
田中芳樹　クレオパトラの葬送〈薬師寺涼子の怪奇事件簿〉
田中芳樹　黒蜘蛛島《ブラックスパイダー・アイランド》〈薬師寺涼子の怪奇事件簿〉
田中芳樹　夜光曲〈薬師寺涼子の怪奇事件簿〉
田中芳樹　魔境の女王陛下〈薬師寺涼子の怪奇事件簿〉
田中芳樹　海から何かがやってくる〈薬師寺涼子の怪奇事件簿〉
田中芳樹　タイタニア1〈疾風篇〉
田中芳樹　タイタニア2〈暴風篇〉
田中芳樹　タイタニア3〈旋風篇〉
田中芳樹　タイタニア4〈烈風篇〉
田中芳樹　タイタニア5〈凄風篇〉
田中芳樹　ラインの虜囚
田中芳樹　新・水滸後伝(上)(下)
田中芳樹／幸田露伴 原作　運命〈二人の皇帝〉
田中芳樹／土屋守　「イギリス病」のすすめ
田中芳樹ほか 文／皇名月 画・文　中国帝王図
田中芳樹／赤城毅　中欧怪奇紀行
田中芳樹 編訳　岳飛伝(一)〈青雲篇〉
田中芳樹 編訳　岳飛伝(二)〈烽火篇〉
田中芳樹 編訳　岳飛伝(三)〈風塵篇〉
田中芳樹 編訳　岳飛伝(四)〈悲曲篇〉
田中芳樹 編訳　岳飛伝(五)〈凱歌篇〉
高田文夫　TOKYO芸能帖〈1981年のビートたけし〉
高村薫　李歐《りおう》
高村薫　マークスの山(上)(下)
高村薫　照柿(上)(下)
多和田葉子　犬婿入り
多和田葉子　尼僧とキューピッドの弓
多和田葉子　献灯使
多和田葉子　地球にちりばめられて
高田崇史　QED〈百人一首の呪〉
高田崇史　QED〈六歌仙の暗号〉
高田崇史　QED〈ベイカー街の問題〉
高田崇史　QED〈東照宮の怨〉
高田崇史　QED〈式の密室〉
高田崇史　QED〈竹取伝説〉
高田崇史　QED〈龍馬暗殺〉
高田崇史　QED ～ventus～〈鎌倉の闇〉
高田崇史　QED〈鬼の城伝説〉
高田崇史　QED ～ventus～〈熊野の残照〉
高田崇史　QED〈神器封殺〉
高田崇史　QED ～ventus～〈御霊将門〉
高田崇史　QED ～flumen～〈九段坂の春〉
高田崇史　QED〈諏訪の神霊〉
高田崇史　QED〈出雲神伝説〉
高田崇史　QED〈伊勢の曙光《あけぼの》〉
高田崇史　QED ～flumen～〈ホームズの真実〉

高田崇史　毒草師〈QED Another Story〉
高田崇史　QED〈～flumen～月夜見〉
高田崇史　QED〈～ortus～白山の頻闇〉
高田崇史　試験に出るパズル〈千葉千波の事件日記〉
高田崇史　試験に敗けない密室〈千葉千波の事件日記〉
高田崇史　試験に出ないパズル〈千葉千波の事件日記〉
高田崇史　パズル自由自在〈千葉千波の事件日記〉
高田崇史　化けて出る〈千葉千波の怪奇日記〉
高田崇史　麿の酩酊事件簿〈花に舞〉
高田崇史　麿の酩酊事件簿〈月に酔〉
高田崇史　クリスマス緊急指令〈～きよしこの夜、事件は起こる！～〉
高田崇史　カンナ　飛鳥の光臨
高田崇史　カンナ　天草の神兵
高田崇史　カンナ　吉野の暗闘
高田崇史　カンナ　奥州の覇者
高田崇史　カンナ　戸隠の殺皆
高田崇史　カンナ　鎌倉の血陣
高田崇史　カンナ　天満の葬列
高田崇史　カンナ　出雲の顕在

高田崇史　カンナ　京都の霊前
高田崇史　軍神の血脈〈楠木正成秘伝〉
高田崇史　神の時空《とき》　鎌倉の地龍
高田崇史　神の時空　倭《やまと》の水霊
高田崇史　神の時空　貴船の沢鬼
高田崇史　神の時空　三輪《みわ》の山祇《やまつみ》
高田崇史　神の時空　嚴島《いつくしま》の烈風
高田崇史　神の時空　伏見稲荷の轟雷
高田崇史　神の時空　五色不動の猛火
高田崇史　神の時空　京の天命
高田崇史　神の時空　前紀〈女神の功罪〉
高田崇史　鬼棲む国、出雲〈古事記異聞〉
高田崇史　オロチの郷、奥出雲〈古事記異聞〉
高田崇史　京の怨霊、元出雲〈古事記異聞〉
団鬼六　悦楽王〈鬼プロ繁盛記〉
高野和明　13階段
高野和明　グレイヴディッガー
高野和明　K・Nの悲劇
高野和明　6時間後に君は死ぬ

大道珠貴　ショッキングピンク
高木徹　ドキュメント 戦争広告代理店〈情報操作とボスニア紛争〉
田中啓文　件《くだん》〈もの言う牛〉
高嶋哲夫　メルトダウン
高嶋哲夫　命の遺伝子
高嶋哲夫　首都感染
高野秀行　西南シルクロードは密林に消える
高野秀行　怪獣記
高野秀行　アジア未知動物紀行 ベトナム・奄美・アフガニスタン
高野秀行　イスラム飲酒紀行
高野秀行　移民の宴〈日本に移り住んだ外国人の不思議な食生活〉
高野秀行・角幡唯介　地図のない場所で眠りたい
田牧大和　花合せ〈濱次お役者双六〉
田牧大和　質草破り〈濱次お役者双六 二ます目〉
田牧大和　翔ぶ梅〈濱次お役者双六 三ます目〉
田牧大和　半可心中〈濱次お役者双六〉
田牧大和　長屋狂言〈濱次お役者双六〉
田牧大和　錠前破り、銀太
田牧大和　錠前破り、銀太　紅蜆《べにしじみ》

田牧大和　錠前破り、銀太　首魁《しゅかい》
田牧大和　大福三つ巴〈宝来堂うまいもん番付〉
高殿　円　メサイア〈警備局特別公安五係〉
高野史緒　カラマーゾフの妹
高野史緒　翼竜館の宝石商人
瀧本哲史　僕は君たちに武器を配りたい〈エッセンシャル版〉
竹吉優輔　襲　名　犯
高田大介　図書館の魔女　第一巻
高田大介　図書館の魔女　第二巻
高田大介　図書館の魔女　第三巻
高田大介　図書館の魔女　第四巻
高田大介　図書館の魔女　烏《からす》の伝言《つてこと》(上)(下)
大門剛明　反撃のスイッチ
大門剛明　完　全　無　罪
大門剛明　死　刑　評　決〈「完全無罪」シリーズ〉
橘　もも　OVER DRIVE《オーバードライブ》
橘　もも／沖田×華　原作／安達奈緒子　脚本　小説　透明なゆりかご(上)(下)
橘　もも／ヤマシタトモコ　原作／相沢友子　脚本　さんかく窓の外側は夜〈映画版ノベライズ〉
橘　もも／脚本　三木　聡　大怪獣のあとしまつ〈映画ノベライズ〉
滝口悠生　愛　と　人　生
髙山文彦　ふ　た　り〈皇后美智子と石牟礼道子〉
瀧羽麻子　サンティアゴの東　渋谷の西
高橋弘希　日曜日《サンデー・ピープル》の人々
武田綾乃　青い春を数えて
谷口雅美　殿、恐れながらブラックでござる
武川《たけかわ》佑《ゆう》　虎　の　牙
陳　舜　臣　中国五千年(上)(下)
陳　舜　臣　中国の歴史　全七冊
陳　舜　臣　小説十八史略　全六冊
千早　茜　森　の　家
千野隆司　大店の暖簾《のれん》〈下り酒一番〉
千野隆司　分家の始末〈下り酒一番㈡〉
千野隆司　献上の祝酒〈下り酒一番㈢〉
千野隆司　大《おお》酒《ざけ》の合戦〈下り酒一番㈣〉
千野隆司　銘酒の真贋〈下り酒一番㈤〉
千野隆司　追　跡
知野《ちの》みさき　江戸は浅草
知野みさき　江戸は浅草2〈盗人探し〉
知野みさき　江戸は浅草3〈桃と桜〉
崔《チェ》　実《シル》　ジニのパズル
筒井康隆　創作の極意と掟
筒井康隆　読書の極意と掟
筒井康隆／ほか12名　名探偵登場！
都筑道夫　夢幻地獄四十八景
都筑道夫　なめくじに聞いてみろ〈新装版〉
土屋隆夫　影　の　告　発
辻村深月　冷たい校舎の時は止まる(上)(下)
辻村深月　子どもたちは夜と遊ぶ(上)(下)
辻村深月　凍りのくじら
辻村深月　ぼくのメジャースプーン
辻村深月　スロウハイツの神様(上)(下)
辻村深月　名前探しの放課後(上)(下)
辻村深月　ロードムービー
辻村深月　ゼロ、ハチ、ゼロ、ナナ。
辻村深月　V.　T.　R.
辻村深月　光待つ場所へ
辻村深月　ネオカル日和
辻村深月　島はぼくらと
辻村深月　家族シアター

講談社文庫　目録

辻村深月　図書室で暮らしたい
辻村深月　噛みあわない会話と、ある過去について
新川直司 漫画／辻村深月 原作　コミック 冷たい校舎の時は止まる(上)(下)
津村記久子　ポトスライムの舟
津村記久子　カソウスキの行方
津村記久子　やりたいことは二度寝だけ
津村記久子　二度寝とは、遠くにありて想うもの
恒川光太郎　竜が最後に帰る場所
月村了衛　神《み》子《こ》上《がみ》典《てん》膳《ぜん》
月村了衛　悪の五輪
辻堂　魁《かい》　落暉《ゆうひ》に燃ゆる〈大岡裁き再吟味〉
フランソワ・デュボワ　太極拳が教えてくれた人生の宝物〈中国・武当山90日間修行の記〉
土居良一　海翁伝
ドウス昌代　イサム・ノグチ〈宿命の越境者〉(上)(下)
鳥羽　亮　御隠居剣法〈駆込み宿　影始末(一)〉
鳥羽　亮　ねむり鬼《き》剣《けん》〈駆込み宿　影始末〉
鳥羽　亮　霞隠れの女〈駆込み宿　影始末〉
鳥羽　亮　のっとり奥坊主〈駆込み宿　影始末〉
鳥羽　亮　かげろう妖剣〈駆込み宿　影始末〉
鳥羽　亮　霞《かすみ》と飛燕《ひえん》〈駆込み宿　影始末〉
鳥羽　亮　闇姫変化〈駆込み宿　影始末〉
鳥羽　亮　鶴亀横丁の風来坊
鳥羽　亮　金貸し権兵衛〈鶴亀横丁の風来坊〉
鳥羽　亮　提灯《ちょうちん》斬り〈鶴亀横丁の風来坊〉
鳥羽　亮　お京危うし〈鶴亀横丁の風来坊〉
鳥羽　亮　狙われた横丁〈鶴亀横丁の風来坊〉
東郷　隆／上田　信　絵　【絵解き】雑兵足軽たちの戦い〈歴史・時代小説ファン必携〉
堂場瞬一　八月からの手紙
堂場瞬一　壊れる心〈警視庁犯罪被害者支援課〉
堂場瞬一　邪心〈警視庁犯罪被害者支援課2〉
堂場瞬一　二度泣いた少女〈警視庁犯罪被害者支援課3〉
堂場瞬一　身代わりの空〈警視庁犯罪被害者支援課4〉(上)(下)
堂場瞬一　影の守護者〈警視庁犯罪被害者支援課5〉
堂場瞬一　不信の鎖〈警視庁犯罪被害者支援課6〉
堂場瞬一　空白の家族〈警視庁犯罪被害者支援課7〉
堂場瞬一　チェンジ〈警視庁犯罪被害者支援課8〉
堂場瞬一　傷
堂場瞬一　埋れた牙
堂場瞬一　Killers(上)(下)
堂場瞬一　虹のふもと
堂場瞬一　ネタ元
堂場瞬一　ピットフォール
土橋章宏　超高速！参勤交代
土橋章宏　超高速！参勤交代 リターンズ
戸谷洋志　Jポップで考える哲学〈自分を問い直すための15曲〉
富樫倫太郎　信長の二十四時間
富樫倫太郎　風の如く　吉田松陰篇
富樫倫太郎　風の如く　久坂玄瑞《くさかげんずい》篇
富樫倫太郎　風の如く　高杉晋作篇
富樫倫太郎　スカーフェイス〈警視庁特別捜査第三係・淵神律子〉
富樫倫太郎　スカーフェイスII　デッドリミット〈警視庁特別捜査第三係・淵神律子〉
富樫倫太郎　スカーフェイスIII　ブラッドライン〈警視庁特別捜査第三係・淵神律子〉
富樫倫太郎　スカーフェイスIV　デストラップ〈警視庁特別捜査第三係・淵神律子〉
豊田　巧　警視庁鉄道捜査班〈鉄血の警視〉
豊田　巧　警視庁鉄道捜査班〈鉄路の牢獄〉
砥《と》上《がみ》裕《ひろ》將《まさ》　線は、僕を描《えが》く
夏樹静子　新装版 二人の夫をもつ女

中井英夫　新装版 虚無への供物(上)(下)
中島らも　僕にはわからない
中島らも　今夜、すべてのバーで〈新装版〉
鳴海　章　フェイスブレイカー
鳴海　章　謀略航路
鳴海　章　全能兵器A《ア》i《イ》C《コ》O
中嶋博行　ホカベン ボクたちの正義
中嶋博行　新装版 検察捜査
中嶋博行　新検察捜査
中村天風　運命を拓く〈天風瞑想録〉
中山康樹　ジョン・レノンから始まるロック名盤
梨屋アリエ　でりばりぃAge
梨屋アリエ　ピアニッシシモ
中島京子　妻が椎茸だったころ
中島京子ほか　黒い結婚　白い結婚
奈須きのこ　空の境界(上)(中)(下)
中村彰彦　乱世の名将　治世の名臣
長野まゆみ　簞笥のなか
長野まゆみ　レモンタルト
長野まゆみ　チマチマ記
長野まゆみ　冥途あり
長野まゆみ　45°〈ここだけの話〉
長嶋　有　夕子ちゃんの近道
長嶋　有　佐渡の三人
長嶋　有　もう生まれたくない
永嶋恵美　擬態
永井　均／内田かずひろ 絵　子どものための哲学対話
なかにし礼　戦場のニーナ
なかにし礼　生きる力〈心でがんに克《か》つ〉
なかにし礼　夜の歌(上)(下)
中村文則　最後の命
中村文則　悪と仮面のルール
編/解説 中田整一　真珠湾攻撃総隊長の回想〈淵田美津雄自叙伝〉
中田整一　四月七日の桜〈戦艦「大和」と伊藤整一の最期〉
中村江里子　女四世代、ひとつ屋根の下
中野美代子　カスティリオーネの庭
中野孝次　すらすら読める方丈記
中野孝次　すらすら読める徒然草
中山七里　贖罪の奏鳴曲《ソナタ》
中山七里　追憶の夜想曲《ノクターン》
中山七里　恩讐の鎮魂曲《レクイエム》
中山七里　悪徳の輪舞曲《ロンド》
長島有里枝　背中の記憶
長浦　京　赤《セキ》刃《ジン》
長浦　京　リボルバー・リリー
中脇初枝　世界の果てのこどもたち
中脇初枝　神の島のこどもたち
中村ふみ　天空の翼　地上の星
中村ふみ　砂の城　風の姫
中村ふみ　月の都　海の果て
中村ふみ　雪の王　光の剣
中村ふみ　永遠《とわ》の旅人　天地の理《ことわり》
中村ふみ　大地の宝玉　黒翼《こくよく》の夢
夏原エヰジ　Cocoon〈修羅の目覚め〉
夏原エヰジ　Cocoon2〈蠱惑の焰〉
夏原エヰジ　Cocoon3〈幽世の祈り〉
夏原エヰジ　Cocoon4〈宿縁の大樹〉

夏原エキジ　Ｃｏｃｏｏｎ５〈瑠璃の浄土〉
長岡弘樹　夏の終わりの時間割
西村京太郎　華麗なる誘拐
西村京太郎　寝台特急「日本海」《メモリー・トレイン》殺人事件
西村京太郎　十津川警部　帰郷・会津若松
西村京太郎　特急「あずさ」《アリバイ・トレイン》殺人事件
西村京太郎　十津川警部の怒り
西村京太郎　宗谷本線殺人事件
西村京太郎　奥能登に吹く殺意の風
西村京太郎　特急「北斗1号」《スーサイド・トレイン》殺人事件
西村京太郎　十津川警部　湖北の幻想
西村京太郎　九州特急「ソニックにちりん」殺人事件
西村京太郎　東京・松島殺人ルート
西村京太郎　新装版　殺しの双曲線
西村京太郎　愛の伝説・釧路湿原
西村京太郎　山形新幹線「つばさ」殺人事件
西村京太郎　新装版　名探偵に乾杯
西村京太郎　十津川警部　君は、あのSLを見たか
西村京太郎　南伊豆殺人事件
西村京太郎　十津川警部　青い国から来た殺人者
西村京太郎　十津川警部　箱根バイパスの罠
西村京太郎　新装版　天使の傷痕
西村京太郎　新装版　D機関情報
西村京太郎　十津川警部　猫と死体はタンゴ鉄道に乗って
西村京太郎　韓国新幹線を追え
西村京太郎　北リアス線の天使
西村京太郎　十津川警部　長野新幹線の奇妙な犯罪
西村京太郎　上野駅殺人事件
西村京太郎　京都駅殺人事件
西村京太郎　沖縄から愛をこめて
西村京太郎　十津川警部「幻覚」
西村京太郎　函館駅殺人事件
西村京太郎　内房線の猫たち〈異説里見八犬伝〉
西村京太郎　東京駅殺人事件
西村京太郎　長崎《ナガサキ・レディ》駅殺人事件
西村京太郎　十津川警部　愛と絶望の台湾新幹線
西村京太郎　西鹿児島駅殺人事件
西村京太郎　札幌駅殺人事件
西村京太郎　十津川警部　山手線の恋人
西村京太郎　仙台駅殺人事件
西村京太郎　七人の証人〈新装版〉
西村京太郎　十津川警部　両国駅3番ホームの怪談
仁木悦子　猫は知っていた
新田次郎　新装版　聖職の碑《いしぶみ》
日本文芸家協会編　愛染夢灯籠〈時代小説傑作選〉
日本推理作家協会編　犯人たちの部屋〈ミステリー傑作選〉
日本推理作家協会編　隠された鍵〈ミステリー傑作選〉
日本推理作家協会編　Play《プレイ》推理遊戯〈ミステリー傑作選〉
日本推理作家協会編　Doubt《ダウト》きりのない疑惑〈ミステリー傑作選〉
日本推理作家協会編　Bluff《ブラフ》騙し合いの夜〈ミステリー傑作選〉
日本推理作家協会編　Propose《プロポーズ》告白は突然に〈ミステリー傑作選〉
日本推理作家協会編　Acrobatic《アクロバティック》物語の曲芸師たち〈ミステリー傑作選〉
日本推理作家協会編　ベスト8ミステリーズ2015
日本推理作家協会編　ベスト6ミステリーズ2016
日本推理作家協会編　ベスト8ミステリーズ2017
二階堂黎人　ラン迷宮〈二階堂蘭子探偵集〉
二階堂黎人　増加博士の事件簿

講談社文庫　目録

新美敬子　猫のハローワーク
新美敬子　猫のハローワーク2
西澤保彦　新装版 七回死んだ男
西澤保彦　人格転移の殺人
西澤保彦　麦酒《ばくしゅ》の家の冒険
西澤保彦　新装版 瞬間移動死体
西村　健　ビンゴ
西村　健　地の底のヤマ(上)(下)
西村　健　光陰の刃《やいば》(上)(下)
西村　健　目撃
楡　周平　陪審法廷
楡　周平　宿命(上)(下)〈ワンス・アポン・ア・タイム・イン・東京〉
楡　周平　血戦〈ワンス・アポン・ア・タイム・イン・東京2〉
楡　周平　修羅の宴(上)(下)
楡　周平　レイク・クローバー(上)(下)
楡　周平　バルス
楡　周平　サリエルの命題
西尾維新　クビキリサイクル〈青色サヴァンと戯言遣い〉
西尾維新　クビシメロマンチスト〈人間失格・零崎人識〉
西尾維新　クビツリハイスクール〈戯言遣いの弟子〉
西尾維新　サイコロジカル(上)〈兎吊木垓輔の戯言殺し〉(下)〈曳かれ者の小唄〉
西尾維新　ヒトクイマジカル〈殺戮奇術の匂宮兄妹〉
西尾維新　ネコソギラジカル(上)〈十三階段〉
西尾維新　ネコソギラジカル(中)〈赤き征裁vs.橙なる種〉
西尾維新　ネコソギラジカル(下)〈青色サヴァンと戯言遣い〉
西尾維新　ダブルダウン勘繰郎《かんぐろう》 トリプルプレイ助悪郎《スケアクロウ》
西尾維新　零崎双識の人間試験
西尾維新　零崎軋識《ぜろざききしき》の人間ノック
西尾維新　零崎曲識の人間人間
西尾維新　零崎人識の人間関係 匂宮出夢との関係
西尾維新　零崎人識の人間関係 無桐伊織との関係
西尾維新　零崎人識の人間関係 零崎双識との関係
西尾維新　零崎人識の人間関係 戯言遣いとの関係
西尾維新　xxxHOLiC アナザーホリック ランドルト環《かん》エアロゾル
西尾維新　難民探偵
西尾維新　少女不十分
西尾維新　本題〈西尾維新対談集〉
西尾維新　掟上《おきてがみ》今日子《きょうこ》の備忘録
西尾維新　掟上今日子の推薦文
西尾維新　掟上今日子の挑戦状
西尾維新　掟上今日子の遺言書
西尾維新　掟上今日子の退職願
西尾維新　掟上今日子の婚姻届
西尾維新　新本格魔法少女りすか
西尾維新　新本格魔法少女りすか2
西尾維新　新本格魔法少女りすか3
西尾維新　人類最強の初恋
西尾維新　人類最強の純愛
西村賢太　どうで死ぬ身の一踊り
西村賢太　夢魔去りぬ
西村賢太　藤澤清造追影
仁木英之　まほろばの王たち
西川善文　ザ・ラストバンカー〈西川善文回顧録〉
西川　司　向日葵《ひまわり》のかっちゃん
西　加奈子　舞台
貫井徳郎　新装版 修羅の終わり(上)(下)
貫井徳郎　妖奇切断譜

2021年12月15日現在